MACBETH

셰익스피어 4대 비극

맥베스

—

윌리엄 셰익스피어 지음

이태주 옮김

WILLIAM SHAKE SPEARE

문예출판사

맥베스

초판 1쇄 인쇄 · 2022년 1월 25일
초판 1쇄 발행 · 2022년 2월 5일

지은이 · 윌리엄 셰익스피어
옮긴이 · 이태주
펴낸이 · 김화정
펴낸곳 · 푸른생각

편집 · 지순이 | 교정 · 김수란, 노현정 | 마케팅 · 한정규
등록 · 제310-2004-00019호
주소 · 서울시 마포구 토정로 222 한국출판콘텐츠 402호
대표전화 · 02) 2268-8707
이메일 · prun21c@hanmail.net / prunsasang@naver.com
홈페이지 · http://www.prun21c.com

ⓒ 이태주, 2022

ISBN 979-11-92149-06-6 03840
값 18,000원

셰익스피어의 비극 세계는 선과 악이 혈투를 벌이는 무대입니다. 햄릿은 클로디어스와 대결합니다. 리어 왕은 고네릴과 리건과 대결합니다. 에드거는 에드먼드와 대결합니다. 이아고는 오셀로와 대결합니다. 맥베스는 덩컨 스코틀랜드 왕과 대결합니다. 코델리아는 왜 죽어야 합니까. 데스데모나는 왜 죽어야 합니까? 리어 왕, 햄릿, 오셀로, 덩컨은 왜 그렇게 죽어야 합니까? 글로스터 백작은 왜 두 눈을 빼앗겼습니까? 거트루드는 왜 독약을 마셔야 했습니까? 싸움은 끝나지 않습니다. 전쟁은 계속됩니다. 선은 악이 제압하고, 악은 자멸합니다. 세상은 말세의 혼란이요 황무지입니다. 셰익스피어는 이런 문명의 황야 속에서 펜을 들었습니다. 그는 역사와 대결합니다. 그는 악의 근절을 위해, 평화와 질서를 위해 싸웁니다. 그의 작품은 악에 대한 저항의 선언이요, 절실한 기도요 통곡입니다.

비극을 읽고 참담했을 때 아리스토텔레스는 위안이 되었습니다. 비극이 주는 정화작용, 카타르시스(Katharsis) 때문입니다. 비극은 인간의 마음에 건강한 효과를 미친다는 것입니다. "연민과 공포를 통해 감정을 정화시킨다"는 것입니다. 병적인 정서는 다분히 주관적이고, 개인적이며, 자기중심적인 요소가 됩니다. 우리는 비극을 통해 비극적 인물과 그 상황에 동화되면서 자기중심적인 몰입에서 차츰 벗어나 '외부'로 자신의 존재가 확산되는 것을 알게 됩니다. 동정(同情)을 통한 영혼의 확대는 심리적이며 도덕적인 건강에 이롭게 작용합니다. 비극이 인간 생활에서 일어날 수밖에 없는 불가피성을 비극의 수용자는 인식하게 되고, 우리의 통찰력은 고통을 극복하고 얻어지는 조화로운 정신적 안정을 모색하게 됩니다. 이 때 도달되는 정화작용을 통해 정신은 새로운 삶의 인식에 도달합니다. 비극작품은 행동의 모방을 통해 동화작용을 일으키면서 개인의 영역을 벗어난 보편성(universality)을 얻게 됩니다. 비극작품은 질서와 조화의 가능성과 필요성을 역설하는 수단이 됩니다. 아리스토텔레스는 그의 『시학(Poetics)』을 통해 이 같은 요지의 견해를 피력했습니다.

세상에서 가장 많이 읽히는 책은 성서와 셰익스피어 작품이라고 합니다. 성서는 하느님의 메시지입니다. 셰익스피어 작품은 인간에 관한 기록입니다. 셰익스피어 작품에는 성서에 관한 수많은 인용이 있습니다. 성서 속에 셰익스피어가 있고, 셰익스피어 속에 성서가 있습니다. 당시 셰익스피어는 제네바 판 성서를 읽었습니다. 엘리자베스 시대는 르네상스 문화 속에 있었지만, 여전히 중세는 짙게 남아 있었습니다. 그 가운데서도 종교입니다. 국민들은 매주 의무적으로 교회에 가서 성경을 읽었습니다. 교회에 모습이 보이지 않으면 우범자로 낙인 찍혔습니다. 의무적으로 교회에 가는 것도 아닙니다. 교회에 가서 기도를 올리지 않으면 안

되는 세상이었습니다. 기근과 전염병이 시도 때도 없이 발생했습니다. 종교적 갈등과 반목이 심화되었습니다. 사람들이 체포되어 투옥되고 고문당하고 처형되었습니다. 런던 다리 난간에는 대역 죄인의 시체가 수시로 걸려 있었습니다. 엘리자베스 시대 영국은 태평천하를 외쳤지만 외세의 침략과 반란은 국민적 불안의 요인이었습니다.

셰익스피어는 어릴 적부터 어머니로부터 성서를 배우고, 문법학교에서 성서를 이수했습니다. 매주 교회에 참례하면서 그의 머리는 성서로 가득 찼습니다. 그의 작품에 성경 구절이 광범위하게 깔리는 이유입니다. 비극작품 시대가 끝나고 마지막으로 발표한 작품이 〈템페스트〉입니다. 이 작품은 인생에 대한 셰익스피어의 고별사입니다. 원수들이 탄 배를 마술로 난파시켜 자신의 동굴 앞에 일행들을 끌고 와서 복수를 하려는 순간 프로스페로는 연민의 정을 느껴 자신을 파멸시킨 원수를 용서했습니다. 그때의 그의 대사입니다.

이자들의 극심한 악행은 뼈에 사무치고 치가 떨리지만
고귀한 이성의 힘으로 분노의 정을 억제하자.
용서하는 미덕은 복수보다
더 거룩한 행위가 된다.

용서하고, 기도하는 기나긴 생의 과정을 셰익스피어와 그의 시대는 되풀이하고 있었습니다. 그의 작품 37편은 그런 과정을 품고 있는 다양한 인간의 기록입니다. 프랑스의 소설가이며 문화부장관을 지낸 앙드레 말로는 말했습니다. "신이 나에게 인간이란 무엇인가라고 묻는다면, 나는 루브르 박물관을 보여주겠다." 그렇습니다. 수많은 그림도, 셰익스피어의 작품도 인간이 살아오고 살아가는 생생하고 피눈물 나는 생생한 기록입니다. 셰익스피어의 비극은 복수극입니다. 그 대표적인 작품이 〈햄릿〉입니다. 햄릿은 복수의 길에서 용서의 길로 마음의 행로를 바꿉니다. 코델리아는 자신을 버린 리어 왕을 용서합니다. 포샤는 법정에서 유대인 고리대금업자 샤일록에게 자비심을 베풀고 용서하라고 강권합니다. 〈심벨린〉에서 이모진의 부친 심벨린은 "모든 사람을 용서한다"고 선언합니다. 〈겨울 이야기〉에서 레온티즈는 질투심에 눈이 멀어 온갖 복수극을 자행하지만 그의 아내와 딸은 자비심을 베풀어 그를 용서합니다. 이 같은 용서의 덕행이 절정에 도달한 작품이 〈템페스트〉입니다. "원수를 사랑하라"는 기독교의 이웃사랑은 용서하는 행동에서 시작됩니다. 누가복음은 전하고 있습니다. "하느님 아버지시여, 이자들을 용서해주십시오. 그들은 자신들이 무슨 일을 하고 있는지 모르고 있습니다." 셰익스피어 작품에는 허다한 용서의 장면이 펼쳐지고 있습니다.

셰익스피어는 전성기를 지나면서 자신의 인생, 자신의 작품을 회고합니다. 맥베스에서 그는 인생에 대한 체념을 전달하고 있습니다. "인생은 바보들의 넋두리요, 온갖 소리와 분노로 가득하지만 아무런 의미도 없다." 리어 왕은 비극의 근원을 건드립니다. "인간은 울면서 이 세상에 태어났다. 알고 있는가. 처음으로 공기를 들이마실 때, 우리는 고통 속에서 울며불며 아우성쳤다." 충신 켄트는 리어 왕의 참극을 보면서 울부짖었습니다. "이것이 세상의 종말인가?" 셰익스피어는 햄릿을 통해 실토합니다. "우리들 인간은 모두가 죄인이다. 누구 하나 믿을 사람이 없다." 이 말은 사도 바울이 로마인의 편지 속에서 언급했던 내용 그대로입니다. 셰익스피어는 자신의 인생관을 정리하면서 〈템페스트〉를 들고 런던에 작별을 고하면서 이 작품의 주인공 프로스페로가 되었습니다. 이 작품에서 전달한 셰익스피어의 고별사는 다음과 같습니다.

이제 여흥은 끝났다. 지금까지 연기를 했던 배우들은
이미 말했던 것처럼 모두 요정들이다.
대기 속으로, 아련한 공기 속으로 녹아 들어갔다.
환상 속의 가공의 현상처럼
구름에 닿는 마천루도, 화려한 궁전도
장엄한 사원도, 거대한 지구 자체도
지상에 있는 모든 것은 결국 녹아들어
지금 사라진 환영처럼 그 자리에는
아무런 흔적도 없이 사라진다.
우리 인간은
꿈같은 실타래로 짜여지고 있다네.
하염없는 인생을 꾸미는 것은 잠이다.

기도와 자비심과 용서는 셰익스피어가 작품에서 남긴 유언의 '키워드'입니다. 셰익스피어 비극의 끝머리는 항상 그렇게 마무리되었습니다. 셰익스피어는 〈햄릿〉, 〈리어 왕〉, 〈오셀로〉, 〈맥베스〉 등 비극의 주인공들이 겪은 환멸과 절망 너머로 인간의 가능성과 희망을 보았습니다. 그의 비극을 읽는 희열과 행복은 바로 이것입니다.

2021년 12월
옮긴이 이태주

맥베스

Macbeth

등장인물

덩컨_ 스코틀랜드 왕

맬컴, 도널베인_ 스코틀랜드의 왕자들

맥베스, 밴쿠오_ 스코틀랜드의 장군들

맥더프, 레녹스, 로스, 멘티스, 앵거스, 케이스네스_ 스코틀랜드의 귀족들

플리언스_ 밴쿠오의 아들

시워드_ 노섬벌랜드 백작, 영국군 장군

젊은 시워드_ 시워드의 아들

시튼_ 맥베스의 휘하 장교

소년_ 맥더프의 아들

장교

영국인 의사

스코틀랜드인 의사

문지기

노인

맥베스 부인

맥베스 부인의 시녀

헤카테

세 마녀

밴쿠오의 망령

환영

그 밖에_ 귀족들, 신사들, 장교들, 병사들, 자객들, 사신들, 시종들

장소

스코틀랜드, 4막 끝머리는 영국.

제1막

제1장 스코틀랜드의 황야

천둥 번개, 세 마녀 등장.

마녀 1 우리 셋이 언제쯤 다시 만날까? 천둥 울릴 때, 번개 칠 때, 아니면 비 올 때?

마녀 2 떠들썩하게 소란을 피운 다음이거나, 아니면 싸움에 이기거나 졌을 때겠지.

마녀 3 해 지기 전이 될 거야.

마녀 1 어디서 만날까?

마녀 2 황야에서.

마녀 3 거기서 맥베스를 만나자.

마녀 1 곧 가마, 빌어먹을 늙은 고양이야!

마녀 2 두꺼비가 부르네.

마녀 3 곧 간다니까!

일 동 아름다운 것은 더러운 것, 더러운 것은 아름다운 것. 안개 속을, 더러운 공기 속을 날아가자. (퇴장)

제2장 포레스 부근의 진영

안에서 경종 소리. 덩컨 왕, 맬컴, 도널베인, 레녹스가 시종들과 함께 등장해서 피 흘리는 장교와 만난다.

덩 컨 피투성이가 된 저 사람은 누구냐? 몰골을 보니 반란군 상황에 관한 새로운 정보가 있을 것 같다.

맬 컴 바로 그 장교올시다. 용맹무쌍한 군인답게, 포로가 될 뻔한 저를 구출해준 사람이죠. 잘 왔네, 용감한 투사여! 방금 떠나온 싸움터의 전황을 폐하께 아뢰게.

장 교 어느 쪽에 승산이 있을지는 알 수 없는 상황이었습니다. 마치 수영하다 맥이 빠져 허우적거리는 두 사람이 서로 부둥켜안고 상대방의 수족을 꼼짝 못 하게 하는 꼴이 됐죠. 인간의 모든 악덕을 한 몸에 지니고 있는 무자비한 역적 맥도널드는, 서쪽의 여러 섬으로부터 경무장한 보병과 도끼를 든 기병들을 긁어모아 우쭐대고 있습니다. 운명의 여신도 그의 심술궂은 계략에 미소를 던지는 것이, 마치 역적의 창부로 타락하는 것 같았습니다. 그러나 역적 놈의 행운도 잠깐이었지요. 용감한 맥베스 장군께서, 명장답게 운세 따위는 아랑곳하지 않고 가차 없이 칼을 휘두르며 피비린내 나는 싸움에 뛰어든 때문입니다. 용기의 화신 같았죠. 적진을 뚫고 앞으로 돌진해서는 이윽고 역적 놈 면전에 다다르자, 악수도 작별 인사도 없이 당장 그놈을 배꼽에서 턱까지 한칼에 갈라 그의 목을 성벽에 걸어 놓았습니다.

덩 컨 오, 내 용감한 사촌! 훌륭한 대장부로다!

장 교 아아, 그러나 마치 해가 솟아오르는 동녘에서 별안간 배를 뒤 엎는 폭풍과 무서운 우렛소리 터져나오듯, 행운이 넘쳐흐르던 샘으로부터 갑자기 불행이 쏟아져 나왔습니다. 스코틀랜드의 왕이시여! 잘 들어주십시오. 용기로 갑옷을 두른 정의의 군대 가 달아나는 패잔병의 무리들을 물리치고 나자, 지금껏 기회만 엿보고 있던 노르웨이 왕이 별안간 번쩍이는 새 무기와 새로운 병력으로 아군을 공격해 왔습니다.

덩 컨 우리들의 장군 맥베스와 밴쿠오는 그 광경을 보고 당황하지 않 았는가?

장 교 독수리가 참새를 보고 놀라듯이, 사자가 토끼를 보고 놀라듯 이, 두 장군께서도 약간 당황하긴 했습니다. 그러나 솔직히 말 해서 두 개의 폭탄을 한꺼번에 장전한 대포처럼 두 장군은 두 갑절의 공격을 적군에게 마구 퍼부었습니다. 피바다에서 목욕 을 하려고 마음먹었는지 혹은 또 하나의 골고다 언덕을 만들 참이었는지는 알 수 없었지만, 여하튼 기진맥진해서 저는 정신 이 아찔했습니다. 그런데, 지금 저는 상처가 욱신거려 도저히 견딜 수가 없군요.

덩 컨 그대의 보고는 그대의 깊은 상처와 함께 훌륭한 인품을 말해주 고 있다. 명예로운 일이로다. 자, 어서 의사한테 가서 상처를 치료하라. (장교, 부축을 받으며 퇴장) 거기 오는 자는 누구냐?

맬 컴 로스 영주입니다.

레녹스 몹시 조급한 눈치로군요! 심상치 않은 일이 생긴 모양입니다.

로스와 앵거스 등장.

로 스 폐하의 만수무강을 비옵니다!

덩 컨 로스 영주, 어디서 오는 길인가?

로 스 파이프에서 오는 길입니다, 폐하. 그곳에는 노르웨이 깃발이 하늘을 얕보듯 휘날리고 있어 아군의 간담을 서늘하게 만들었습니다. 게다가 노르웨이 왕이 몸소 대군을 이끌고 공격해 온 탓으로 아군은 고전을 면치 못했습니다. 역적인 코더 영주까지 그놈들과 합세했죠. 그러나 전쟁의 여신 벨로나를 아내로 삼은 군신 마르스처럼, 무적의 갑옷을 입은 맥베스 장군이 단신 대결하여 아낌없이 온 정신을 바쳐 칼에는 칼, 힘에는 힘으로 오만불손한 적장의 기세를 꺾어 드디어 마지막 승리를 쟁취했습니다.

덩 컨 다행한 일이로다!

로 스 그래서 노르웨이 왕 스위노는 화친을 청해 왔습니다. 그에 대해 저희들의 입장은, 세인트콤 섬에서 일만 달러의 배상금을 받아내기 전까지는 적군의 시체를 매장조차 허락하지 않을 방침입니다.

덩 컨 코더 영주는 두 번 다시 나를 배반하지 못할 것이다. 즉각 사형

을 선고하라. 그리고 그의 칭호를 대신 맥베스에게 주어 장군
을 맞아들이도록 하라.

로 스 분부대로 거행하겠습니다.

덩 컨 그 역적이 잃은 것을 훌륭한 맥베스가 차지했구나. (일동 퇴장)

제3장 포레스 부근의 황야

천둥, 마녀 셋 등장.

마녀 1 언닌 어디 갔다 왔수?

마녀 2 돼지를 죽이러 갔었지.

마녀 3 언니는?

마녀 1 뱃사공 아내가 앞치마에 밤톨을 잔뜩 싸가지고 와삭와삭 먹고
있기에 '나 좀 다오' 했더니, '꺼져라 마녀야!' 라고, 엉덩이에
비계가 잔뜩 붙은 그 늙은 년이 고함치지 않겠어? 그년의 남편
은 알레포에 가 있는 타이거호의 선장이지. 하지만 나는 쳇바
퀴를 타고 바다를 건너가, 꼬리 없는 쥐로 둔갑해서 그놈을 혼
내주겠어. 혼내줄 거야, 혼내주고야 말겠어.

마녀 2 내가 바람을 하나 선사하지.

마녀 1 고마워.

마녀 3 나도 하나 줄게.

마녀 1 나머지 바람은 모두 내게 있으니, 그 바람이 부는 항구란 항구
는 모두, 바람이 알고 있는 방방곡곡마다 내가 해도를 가지고
있는 한 내 마음대로야. 그년의 남편을 건초처럼 바싹 말려놀
테다. 그 녀석의 눈꺼풀 위에 밤이건 낮이건 잠이 깃들이지 못
하도록 하겠다. 온몸이 저주에 묶여, 이레 낮, 이레 밤의 아홉
곱의 아홉 곱을 배에서 허덕이다 지치고 여위어 비틀어지게 할
테다. 그놈의 배를, 침몰만은 면케 할지라도 폭풍우에 시달려
몸살이 나게 할 테다. 이것 좀 보라구.

마녀 2 어디 보자! 어디 봐!

마녀 1 이건 귀국하는 길에 난파당한 키잡이의 엄지손가락이야. (안에서
북소리)

마녀 3 북소리다, 북소리다! 맥베스가 온다.

  셋이 원을 그리며 춤을 춘다. 점점 빨리 맴돈다.

일 동 손에 손을 잡은 우리 마녀들
바다와 육지 위를 도는 나그네
돌고 돌자, 돌아라, 돌아라
너도 세 번 나도 세 번
또다시 세 번 돌면 모두 합해 아홉 번이 되는구나.

  쉿! 마술이 걸렸다. (안개가 자욱하다)

맥베스와 뱅쿠오 등장.

맥베스   이토록 흐렸다 개었다 하는 날씨는 처음 보았소.

뱅쿠오   포레스까진 얼마나 남았을까요? (안개가 걷힌다) 저건 뭐야? 말라 비틀어진 것들이 옷차림도 괴상하군. 이 세상 사람 같지는 않은데 그래도 땅 위에 서 있네. 살아 있는 것들인가? 인간의 말이 들리느냐? 내가 하는 말을 알아듣는 모양이군. 다들 금이 간 손톱을 바싹 말라붙은 입술에 갖다 대는 것을 보니 여자 같긴 한데, 수염 난 것을 보면 또 그렇지만도 않은 것 같고.

맥베스   할 수 있다면 말을 해보라. 너희들의 정체는 뭐냐?

마녀 1   맥베스 만세! 글래미스 영주께 축복을!

마녀 2   맥베스 만세! 코더 영주께 축복을!

마녀 3   맥베스 만세! 앞날의 임금님이시여!

뱅쿠오   왜 그렇게 놀라시오? 놀랍도록 듣기 좋은 그 말에 뭘 그렇게 두려워하고 있소? 진정코 묻고 싶다만, 너희들은 환영인가 아니면 눈에 보이는 그대로인가? 내 친구를 보고 너희들은 현재의 신분과 새로운 작위와 앞으로 군림하게 될 왕의 칭호로 불렀는데, 그 예언에 이 착한 친구는 어리둥절해하고 있다. 그런데 나에게는 아무 말도 하지 않는구나. 만약 너희들이 시간의 종자 속을 들여다보고 능히 판별할 수 있는 힘이 있어서, 자랄 수 있는 종자와 그렇지 못한 종자를 가려내어 예언할 수 있다면 나에게도 말하라. 하나 나는 너희들의 은혜를 바라거나 증오를 두려워하는 사람은 아니다.

마녀 1 만세!

마녀 2 만세!

마녀 3 만세!

마녀 1 맥베스보단 못하지만, 위대하신 인물.

마녀 2 맥베스보단 못하지만, 운수대통하신 분.

마녀 3 자신은 왕이 될 수 없어도 자손이 왕이 될 분. 그러니 만세, 맥베스와 밴쿠오!

마녀 1 밴쿠오와 맥베스 만세! (안개가 짙어진다)

맥베스 기다려라! 애매모호하게 말하지 말고 좀 더 자세히 말하라! 부친 시넬이 돌아가셨으니 내가 글래미스의 영주가 되는 것은 당연한 일인데 코더는 또 뭣인가? 코더 영주는 현재 살아 있을 뿐만 아니라 세도도 당당하지 않느냐? 그리고 왕이 된다는 예언은 코더 영주가 된다는 말보다도 훨씬 믿을 수 없는 얘기다. 도대체 어디서 이 같은 괴상한 정보를 입수했느냐? 어째서 이 황량한 벌판에서 길을 가로막고 예언이 담긴 말을 주고 가는지 말하라, 명령이다! (마녀들 사라진다)

밴쿠오 땅 위에도 물속처럼 거품이 있는 모양이군요. 이자들이 바로 그런 요물들인가 봅니다. 어디로 꺼졌느냐?

맥베스 공중으로 사라졌소. 그들의 형상이 바람 속으로 입김처럼 녹아들고 말았소. 좀 더 붙들어두고 싶었는데!

밴쿠오 우리가 지금 그들에 관해 얘기하고는 있지만, 그들이 정말로 우리 눈앞에 존재했던 거요? 아니면 우리 두 사람이 정신을 돌게 하는 나무 뿌리라도 잘못 먹은 게 아닐까요?

맥베스 당신의 자손이 왕이 된다고 했소.

밴쿠오 당신은 스스로 왕이 된다고 했소.

맥베스 코더 영주가 된다고도 했소. 그랬지요?

밴쿠오 그렇게 말하였소. 그런데 저기 누가 오고 있군.

　　　　로스와 앵거스 등장.

로 스 맥베스 장군, 폐하께서는 승전 소식을 기쁘게 받아들이셨소. 반란군과의 싸움에서 장군이 보여준 분전분투의 소식을 들으시고 왕은 놀라움과 칭찬이 뒤섞인 심정으로 어쩔 바를 모르시었소. 그리고 나서 묵묵히 그날의 전황을 살피시고는, 장군께서 막강한 노르웨이 군사들 틈에 산더미처럼 쌓인 시체들 가운데서도 추호도 두려워하는 빛이 없으셨음을 폐하께서도 아시었소. 그 이후에도 계속해서 밀어닥친 사신들은 그때마다 왕국을 지키기 위하여 위대한 공을 세운 당신에 대해 찬사를 아끼지 않았소.

앵거스 저희들의 용무는, 장군에게 폐하의 깊은 사의를 전하고 장군을 어전으로 모셔오라는 폐하의 분부를 이행하는 일입니다. 전공에 대한 포상 절차는 따로 있을 것입니다.

로 스 그리고 거룩한 명예를 더욱 축하하기 위해 폐하께서 장군을 코더 영주라 칭할 것을 명하셨습니다. 덧붙여 축하드립니다. 코더 영주님! 영광스러운 그 이름은 이제 장군의 것입니다.

밴쿠오 그렇다면 마귀들이 참말을 했단 말인가!

맥베스 코더 영주는 살아 있소. 어째서 남의 관복을 나에게 입히려 하오?

앵거스 영주였던 사람이 아직 살아 있긴 합니다만 무거운 죄의 형벌로 그 목숨을 잃게 되었지요. 그가 과연 노르웨이 군대와 밀통했는지, 혹은 반란군을 도와 은밀한 편의를 봐주었는지, 아니면 이 두 가지 일을 다 저질러 왕국의 멸망을 기도했는지 저로서는 알 수 없습니다만, 여하튼 대역죄를 자백하고 증거도 확실해졌기 때문에 그는 패가망신하게 된 것이지요.

맥베스 (방백) 글래미스, 그리고 코더 영주라! 이제 가장 큰 것만 남아 있군. (로스와 앵거스에게) 수고들 했네……. (밴쿠오에게) 장군의 자손이 왕이 된다는 것도 믿을 만한 말이 되었구려. 나에게 코더 영주를 예언한 요물들이 그것도 약속했으니.

밴쿠오 그런 것을 믿다가는 코더 영주가 되고 나서 왕관에까지 마음이 쏠리겠소. 그러나저러나 참으로 이상한 일이로다! 때때로 악마의 앞잡이들이 우릴 파멸로 유혹하려고 진실을 말하여 하찮은 데에 마음을 쏠리게 해놓고는 아주 중요한 일에 가서 우리를 배반하는 수가 있소. 여보게들, 잠깐만 이리로 오게나. 할 얘기가 있소. (로스와 앵거스, 그에게 다가선다)

맥베스 (방백) 두 가지는 실현되었구나. 이제 왕위에 오르는 찬란한 극의 희망찬 서막이 열리고 있다. (큰 소리로) 여보게들, 고마우이.

(방백) 이 신비로운 유혹이 나쁠 건 없지. 그렇다고 해서 좋은 것도 아니야. 하지만, 만약 그게 나쁜 일이라면, 어째서 사실을 일러주어 나에게 미리 성공의 영광을 안겨주었겠는가? 나는 코더의 영주가 되었다. 만약에 이것이 좋은 징조라면, 어째서 나는 예언의 말에 넋을 잃고, 그 무서운 환영에 머리칼이 곤두서고, 내 안정된 심장이 불규칙하게 갈빗대를 두드리는가? 마음속에 떠오르는 두려움은 눈앞에 전개되는 공포와는 비교도 되지 않는다. 마음속에 움트고 있는 이 살인에 대한 생각은 공상에 지나지 않건만, 단 하나인 내 마음의 왕국을 뒤흔들고 그 분별력이 억측을 마비시켜 오로지 앞날의 환상만을 눈앞에 어른거리게 하니, 죽겠군.

밴쿠오 저것 좀 보시오. 내 친구가 골똘히 생각에 잠겨 있소.

맥베스 (방백) 만약 내가 왕이 될 운명이라면, 가만히 있어도 아마 운명이 나에게 왕관을 안겨다 줄 것이다.

밴쿠오 갑작스러운 영예는 처음 입어보는 새 옷처럼 길이 들 때까지 몸에 맞지 않는 법이야. 하지만 결국 입어내고야 말지.

맥베스 (방백) 될 대로 되어라. 아무리 궂은 날씨도 끝장날 때가 있을 테니까.

밴쿠오 맥베스 장군, 모두 기다리고 있소. 가봅시다.

맥베스 미안하오. 뭔가 잊어버린 일이 있어서 그걸 생각하느라고 잠시 넋이 나가 있었소. 두 분의 수고에 대해서는 마음속에 새겨두어 매일 되풀이해서 생각토록 하겠소. 자, 어전으로 나갑시다.

(밴쿠오에게) 우리에게 일어난 일을 잊지 마시오. 앞으로 시간이 나면 이 일을 충분히 검토해서 서로 기탄없는 의견을 나누도록 합시다.

밴쿠오 (맥베스에게) 아, 그럽시다.

맥베스 (밴쿠오에게) 그때까지…… 오늘은 이만해 둡시다. 자, 다들 가지요. (일동 퇴장)

제4장 포레스 궁정

우렁찬 나팔 소리, 이윽고 덩컨 왕, 맬컴, 도널베인, 레녹스 그리고 시종들 등장.

덩 컨 코더의 처형은 끝났는가? 집행관은 아직 돌아오지 않았는가?

맬 컴 폐하, 아직 돌아오지 않았습니다. 코더의 처형을 목격한 자의 말에 의하면, 코더는 솔직하게 자신의 죄를 자백하고, 깊이 뉘우치면서 폐하의 용서를 빌었다 합니다. 그는 한평생을 통하여 가장 훌륭한 태도를 임종 시에 보여주었다 합니다. 마치 죽는 법을 터득해온 자와 같이 떳떳한 최후였다고 합니다. 그가 가진 것 중에서 가장 아끼던 목숨을 헌신짝처럼 미련 없이 내버렸답니다.

덩 컨 사람의 얼굴만 보고는 그 마음을 알아낼 수 없는 일이로다. 나는 그를 매우 신임했었는데.

맥베스, 밴쿠오, 로스 그리고 앵거스 등장.

아, 위대한 맥베스여! 장군의 공에 보답지 못하여 지금 이 순간에도 내 마음이 무겁도다. 그대가 너무 빨리 앞으로 내달리기 때문에 포상에 아무리 빠른 날개를 달아도 따라갈 수가 없었네. 공로를 좀 덜 세우고 더 천천히 달리기만 했어도 감사와 포상이 균형을 이루어 나의 보답을 전할 수 있었을 텐데. 아무튼 내가 할 수 있는 말은, 자네에게 해줄 수 있는 모든 포상을 합쳐도 그대의 공로에 비하면 그저 부족할 따름이란 말뿐이네.

맥베스 폐하께 충성을 바칠 수 있도록 허락해주신 것이 바로 제겐 포상입니다. 폐하께서는 무릇 신하들의 충성을 받아들이시면 그만입니다. 그리고 저희들의 의무는 폐하와 왕국에 대하여 자식처럼 그리고 심복처럼 충성을 바치는 일입니다. 이 일을 수행해 나가는 것만으로도 그 공로가 폐하의 은총을 입고 명예를 얻게 되는 줄로 아옵니다.

덩 컨 이곳에 온 것을 환영하노라. 그대의 나무를 단단히 심어두고, 그대가 자라서 번창하도록 힘쓰겠노라. 밴쿠오, 그대의 공로도 맥베스에 못지않다. 누구나 그것을 인정해야 하리라. 그대를 포옹하게 해다오, 이 가슴에 힘껏.

밴쿠오 저도 그 품 안에서 자란다면 그 수확물은 폐하께 바치겠나이다.

덩 컨 내 무한한 기쁨이 넘쳐흘러 슬픔의 눈물방울 속으로 숨으려 하는구려. 아들들이여, 친척들이여, 영주들이여, 그 밖에 나와 가까운 이들에게 선포한다. 이 왕위를 장차 장남 맬컴에게 계승시키고 그의 이름을 앞으로는 컴벌랜드 공작이라 부르기로 한다. 그 영예는 그에게만 국한된 것이 아니라 별처럼 모든 공신들 위에 그 영광의 깃발이 빛나게 될 것이다. (맥베스에게) 이제 곧 장군의 성 인버네스로 행차키로 하였으니, 장군에게 좀 더 폐를 끼치게 될 것 같소.

맥베스 폐하를 위하여 사용치 않는 휴식은 고통일 뿐입니다. 소신이 앞질러 가서 폐하의 행차를 알림으로써 아내를 기쁘게 하렵니다. 이만 물러가겠습니다.

덩 컨 훌륭하도다, 코더여!

맥베스 (방백) 컴벌랜드 공작이라! 내가 이 장애물 앞에서 주저앉느냐 아니면 이것을 뛰어넘느냐가 문제로다. 그가 내 앞길을 가로막고 있으니. 별들이여, 빛을 감추어라! 이 검고 깊은 야망을 보지 마라. 눈은 손이 하는 짓을 못 본 체하라. 그러나 일을 해치우고 나면 눈은 그 저질러진 일이 두려워 보려 들지 않을 것이다. (퇴장)

덩 컨 뱅쿠오, 과연 듣던 대로 그는 진정 용기 있는 자다. 그에 대한 찬사는 할수록 기분 좋아 나에게는 잔칫상과 같다. 그를 곧 뒤따라 가자. 환영 준비를 위해 우리를 앞질러 갔으니, 역시 그는 흠잡을 데 없이 뛰어난 인물이다. (우렁찬 나팔 소리. 일동 퇴장)

제5장 인버네스, 맥베스의 성

맥베스 부인, 편지를 읽으며 등장.

맥베스 부인 (편지를 읽는다)

"그들을 만난 것은 개선하는 날이었소. 그 후에 확인해봤더니, 그들은 인간의 지혜가 미치지 못하는 신비한 힘을 갖고 있는 듯했소. 질문을 더 하려고 했을 때 그들은 공기 속으로 하염없이 사라져버렸소. 어리둥절해하면서 멍청히 서 있을 때, 왕으로부터 사신이 왔소. 그들은 나를 '코더 영주'라고 불렀다오. 이와 똑같은 칭호로써 조금 전에 운명의 여인들이 나에게 인사를 하고 앞날을 점치면서 '장차 왕이 되실 분 만세!'라고 했소. 이 일만은 당신에게 알려주는 게 좋으리라 생각하오. 당신은 내 장래의 영광을 함께 나눌 나의 가장 사랑하는 동반자이기 때문이오. 어떤 영광이 당신을 기다리고 있는지 미처 몰라 이 기쁨을 함께 나눌 기회를 잃어버리는 일이 생기면 곤란하지 않겠소? 단 이 일은 가슴속 깊이 숨겨두시오. 그럼 이만."

당신은 글래미스 영주님, 그리고 코더 영주님. 그다음은 약속대로 될 거예요. 그러나 저는 당신의 성격이 걱정되는군요. 일을 급작스럽게 처리하기에는 인정이라는 달콤한 젖으로 너무 가득 차 있는 게 당신의 흠이지요. 당신은 위대한 인물이 되실 분이죠. 야심이 없는 것도 아니면서 그 야심을 성취하기 위한 잔인성이 당신에게는 없어요. 당신은 높은 포부를 가지고 있으면서도 그 일을 성스럽게 하려고만 들죠. 무엇이든 손아귀에 넣으려고는 하면서도 잘못은 안 저지르려고 하시죠. 글래미스 영주님, 당신이 소원하는 것, 그것은 이렇게 외치고 있습니다. '얻고 싶거든 단행하라' 고 말입니다. 당신 스스로는 하기를 꺼리지만 결국 그 일을 하게 될 것입니다. 일단 일을 단행하게 되면 이미 저지른 일에 대해서는 후회하지 않을 것입니다. 어서 이리 오세요. 제 기운을 당신 귀에 퍼부어드리겠습니다. 운명과 초인적인 힘이 당신의 머리에 황금의 관을 씌우려는 데 방해하는 것이 있다면, 무엇이든지 이 혀끝의 힘으로 쫓고야 말겠어요. (사신 한 명 등장) 무슨 소식이오?

사 신   폐하께서 오늘 밤 이곳에 오십니다.

맥베스 부인   정신이 나간 것 아니오? 폐하께선 장군과 함께 계시지 않소? 만일 그렇다면 미리 준비하도록 무슨 연락이 있었을 것이오.

사 신   황송한 말씀이오나 사실입니다. 영주님도 이곳으로 오고 계십니다. 소신의 동료 한 사람이 먼저 죽을 힘을 다해 앞장서 와서 숨을 헐떡이며 간신히 이 소식만을 전했습니다.

맥베스 부인   그를 잘 돌봐주오, 굉장한 소식을 갖고 왔으니. (사신 퇴장) 까마귀들조차 목쉰 소리로, 덩컨이 운명의 힘에 이끌려 이 성벽 안으로 들어오고 있음을 알리고 있다. 자, 오너라, 악령들이여, 너희들도 사람을 죽이는 일에 한몫 끼지 않겠느냐? 이 순간 나를 여자가 아니게 해다오. 머리끝부터 발끝까지 온몸에 잔인함이 넘치도록 해다오. 내 피를 엉기게 하여 동정심으로 통하는 길목을 막아버려라. 연민의 정이 이 흉측한 계획을 동요시키지 않게 해다오. 실행과 계획 사이에 타협이 이루어져 이 일을 방해하지 않도록 해다오! 자, 오너라, 살인마들이여, 내 품 안으로 와서 내 젖을 담즙으로 바꾸어다오. 너희들은 보이지 않는 형체로 인간의 재앙을 돕고 있지 않느냐! 오너라, 캄캄한 밤이여, 그리하여 지옥의 검은 연기로 몸을 감싸라. 나의 날카로운 칼에 찔린 상처가 보이지 않도록. 하늘이 검은 장막을 헤치고 고개를 내밀며 '멈춰! 기다려라!' 하고 외치지 않도록.

　맥베스 등장.

글래미스 영주님! 코더 영주님! 이 두 가지 칭호보다 더 위대한 호칭이 기다리고 있는 분이여! 당신의 편지로 인해 세상 모르던 저는 이미 무지한 현재를 뛰어넘어 이 순간에도 먼 미래 속에 살고 있는 듯합니다.

맥베스　사랑스러운 아내여, 오늘 밤 덩컨이 이곳에 오오.

맥베스 부인　그러면 언제 이곳을 떠나실 예정입니까?

맥베스　내일이오, 왕의 예정대로라면.

맥베스 부인　아아, 태양은 결코 그 내일을 볼 수 없을 것입니다! 영주님, 당신의 얼굴은 뭔가 의심스러운 내용이 들여다보이는 한

권의 책과 같습니다. 이 세상을 속이려면 이 세상 사람과 똑같은 표정을 지으세요. 눈동자와 손과 혀끝에 반가운 기색을 띠세요. 겉으로는 청순한 한 떨기 꽃처럼 보이되, 속에다가 뱀을 숨기세요. 곧 오실 분을 위해서는 충분한 준비가 필요합니다. 오늘 밤의 큰일은 저에게 맡겨주십시오. 이 일은 앞으로 닥쳐올 우리들의 낮과 밤에 국왕의 권력과 위엄을 안겨줄 것입니다.

맥베스 나중에 의논합시다.

맥베스 부인 그저 밝은 얼굴을 하고 계세요. 얼굴 표정을 바꾸는 것은 불안하다는 증거입니다. 모든 일은 저에게 맡겨주세요. (일동 퇴장)

제6장 같은 장소, 맥베스의 성 앞

오보에 소리와 횃불. 덩컨 왕, 맬컴, 도널베인, 밴쿠오, 레녹스, 맥더프, 로스, 앵거스 그리고 시종들 등장.

덩 컨 이 성은 아주 좋은 곳에 자리 잡고 있군. 공기가 맑고 상쾌해서 사람의 마음을 부드럽게 해주는데.

밴쿠오 여름의 길손인 제비가 즐겨 사원에 둥지를 짓는 것을 보면, 이곳 하늘의 숨결이 얼마나 향기로운가를 알 수 있습니다. 추녀

끝, 서까래 옆 벽, 버팀벽, 사방 구석구석에 요람을 만들지 않은 곳이 없지요. 제비가 새끼를 치고 모여 사는 곳은 언제나 공기가 상쾌하게 마련이지요.

　　맥베스 부인 등장.

덩 컨　아, 저길 좀 보오! 이 댁 부인이 오시는구려. (부인에게) 호의도 지나치면 때로는 귀찮게 여겨지기도 합니다만, 그래도 호의란 늘 고맙게 마련이지요. 그러니, 이번 일로 부인에게는 폐를 끼치게 되었지만, 부인께서도 나를 위해 하느님께 축복을 빌어주시고 또한 나의 호의에 대해 고맙게 여겨야 할 거요.

맥베스 부인　왕실에 대한 저희들의 봉사, 그 하나하나를 두 배로 하고 또 그것을 두 배로 늘린다 하더라도 폐하께서 저희에게 베풀어주신 넓고 깊은 은총에 비하면 아무것도 아닙니다. 종전에 내려주신 지위에다 이번에 또 새로운 영광을 베풀어주셨으니, 이 은혜를 어떻게 갚아야 할지, 저희로서는 폐하의 만수무강을 빌 따름입니다.

덩 컨　코더 영주는 어디 있소? 곧 뒤쫓아온 것은, 우리가 그보다 앞질러 와서 장군을 맞을 준비를 할 심산이었는데, 워낙 승마의 명수인 데다 뜨거운 충성심이 박차를 가하여, 우리로서는 도저히 앞지를 수가 없었소. 아름다운 부인이시여, 이 밤을 댁의 손님으로 머무르게 해주시오.

맥베스 부인　폐하의 신하와 하인 그리고 저희들과 모든 재산은 폐하로부터 빌려 얻은 바, 폐하가 원하시는 때에는 언제라도 바칠 준비가 되어 있습니다.

덩 컨 손을 이리 주오. 나를 장군에게 안내해주시오. 장군을 극진히 사랑하고 있소. 앞으로도 내 뜻은 변함이 없을 것이오. 부탁하오, 부인. (손을 잡고 성내로 들어간다)

제7장 같은 장소, 맥베스의 성 안

오보에 소리와 횃불. 식탁 시종, 접시와 식기를 든 하인들이 무대를 가로질러 간다. 오른쪽 출입구의 문을 열고 이들이 출입할 때마다 안에서 요란한 축연 소리가 들린다. 이윽고 맥베스가 등장한다.

맥베스 한 번으로 끝나는 일이라면 빨리 해치우는 것이 좋을 것이다. 왕의 암살로써 모든 일이 그물 속으로 죄어들고, 그의 숨통을 눌러 숨을 끊게 함으로써 성공을 거둘 수 있다면, 이 일격이 모든 일의 시작이요 종말일 수 있다면 여기서는, 이 세상에서는, 영원한 시간의 이쪽 여울인 현세에서는 내세쯤 관심조차 둘 필요가 없다. 그러나 이런 일은 반드시 현세에서 심판을 받는단 말이야. 살인 행위를 한번 가르쳐주면 배운 사람은 가르쳐준 자에게 거꾸로 앙갚음하는 법이거든. 정의의 신은 공평

하셔서 독살을 준비한 자에게 반드시 독을 퍼먹인단 말이야. 왕은 나를 믿고 이곳에 왔어. 첫째로 나는 그의 친척이며 신하니 어느 모로 보나 그런 범죄 행위에 대해 강경히 반대해야 하며, 둘째 이 집 주인으로서 자객을 막아 문을 잠가야 마땅하지 스스로 칼자루를 들 수는 없잖은가. 덩컨 왕은 온화한 성격인데다 왕권 수행에 있어서 청렴결백하기 때문에 그의 미덕은 소문의 혀를 지닌 천사와 같이 그를 암살한 자를 무서운 신의 저주로써 천하에 탄원할 것이다. 연민의 정이 갓난아기의 모습을 하고서, 열풍을 타고 혹은 천사 게루빔과도 같이 보이지 않는 하늘의 준마를 타고, 무서운 참변을 사람들 눈에 아로새겨주어 그 눈물로 바람마저 자게 할 것이다. 내 계획의 옆구리를 걷어찰 박차가 없다 하더라도 내게는 끓어오르는 야심이 있다. 그러나 그것만으로는 말 저편에 떨어질 뿐이다.

　맥베스 부인 등장.

무슨 일이오? 새로운 소식이라도 있소?

맥베스 부인　왕께서 식사를 거의 끝내셨습니다. 왜 자리를 뜨셨습니까?

맥베스　나를 찾습니까?

맥베스 부인　그걸 모르고 계셨어요?

맥베스　이 일은 더 이상 진전시키지 말기로 합시다. 폐하께서는 이번에 나에게 포상을 내리셨소. 뿐만 아니라 모든 사람들로부터 좋은 평판을 들어 이 눈부신 빛깔의 의상을 얻게 되었는데 입어보지도 못하고 내버릴 수는 없지 않소?

맥베스 부인 지금껏 당신의 몸을 감싸고 있던 것은 술에 취한 희망이었나요? 그래, 그것은 영원히 잠들어버렸나요? 아니, 지금 눈을 떠보니 마음속으로 대담하게 그리고 있던 것이 보기만 해도 등골이 시리고 오싹해진다는 겁니까? 앞으로는 당신의 애정도 이런 꼴이 되겠죠? 마음속으로는 바라고 있으면서도 용감하게 행동으로 옮기기는 겁난다는 거죠? 어떤 일이 있어도 인생의 장식품인 왕관을 탈취해야겠다고 생각하면서도, 속으로는 겁쟁이가 되어 단념하고 있는 거죠? '해치우고 말겠다'고 하면서도 결국 '못 하겠다' 하는 것은, 발을 물에 적시지도 않고 고기를 잡아 먹으려는 불쌍한 고양이와 같은 생존방식이에요.

맥베스 제발 그만하오! 사내 대장부가 할 만한 일이라면 무엇이든 하겠소. 그러나 도가 지나치면 그건 사내 대장부가 아니오.

맥베스 부인 그렇다면, 이 계획을 저에게 말씀하시던 때에는 당신이 무슨 짐승이었단 말입니까? 이 일을 하기로 마음먹었을 때, 당신은 사내 대장부였어요. 자기 자신을 초월할 수 있을 때 당신은 더욱 남자다워질 수 있어요. 그때에는 때와 장소가 적당치 않았는데도 당신은 그 두 가지를 모두 갖추려고 하셨죠. 그런데 이번에는 저편에서 저절로 두 가지를 갖추고 나타나니까 오히려 주춤하신단 말씀인가요? 저도 아기에게 젖을 먹여본

적이 있죠. 그래서 젖을 빠는 아기가 얼마나 사랑스러운지 알고 있답니다. 그러나 만약 제가 그때의 당신처럼 맹세했다면 갓난아기가 나를 쳐다보며 웃고 있을지라도 당장 보드라운 그 입에서 젖꼭지를 빼버리고 아기의 머리통을 박살 낼 수 있어요.

맥베스 만약 실패한다면?

맥베스 부인 우리가 실패한다고요? 당신이 있는 힘껏 용기만 내신다면 실패란 있을 수 없죠. 덩컨이 잠들면 — 오늘의 피곤한 여행이 곧 잠을 청하게 할 테니 — 두 시종에게 술을 퍼마시게 해서 뇌수를 지키는 기억력을 연기처럼 몽롱케 하고, 이성의 그릇은 증류기처럼 되도록 내버려두세요. 죽은 듯이 술에 곯아떨어져 돼지처럼 잠들어버리면, 호위병도 없는 덩컨에게 당신 아니 내가 못할 짓이 뭐가 있겠어요? 술에 만취한 두 호위병에게 우리가 저지른 대역죄를 덮어씌울 수 있지 않겠어요?

맥베스 당신은 사내아이만 낳을 거요! 두려움을 모르는 그 성격은 사내아이를 만들어내는 데만 적격일 테니. 이러면 어떨까? 자고 있는 두 호위병에게 피를 묻히고 그들의 단도를 사용하면 그자들의 소행으로 보일 게 아니오?

맥베스 부인 누가 의심하겠어요? 우리가 왕의 죽음을 슬퍼하면서 대성통곡을 하면.

맥베스 옳아, 마음을 정했소. 온몸의 힘을 짜내어 이 무서운 일에 착수합시다. 자, 갑시다. 밝은 표정을 하고 모든 사람들을 속이

는 거요. 마음속의 흉악한 생각은 가면으로 감추고 말이오. (퇴장)

제2막

제1장 같은 장소, 맥베스 성 안의 뜰

밴쿠오와 횃불을 든 플리언스 등장.

밴쿠오 애야, 밤이 꽤 깊었는데, 몇 시나 되었느냐?

플리언스 (하늘을 올려다보며) 달은 졌습니다만, 시간 알리는 소리는 듣지 못했습니다.

밴쿠오 달은 자정에 지지.

플리언스 자정은 지난 것 같습니다.

밴쿠오 이 칼을 좀 들고 있거라. 하늘도 절약을 하는 모양이다. 모든 별들이 불을 꺼버린 걸 보니. 이것도 (단도 혁대를 풀면서) 갖고 있거라. 졸음이 무거운 납덩이같이 엄습해 오는구나. 그러나 자고 싶지는 않다. 자비로우신 천사들이여! 잠이 들면 찾아오는 저주 받을 망상을 억눌러다오! 내 칼을 다오.

맥베스와 횃불을 든 시종 등장.

밴쿠오 게 누구야?

맥베스 친구요.

밴쿠오 그렇구먼! 여태 안 주무셨소? 왕은 잠자리에 드셨소. 굉장히 만
족하신 모양이외다. 종복들에게도 선물을 듬뿍 주셨지요. 그리
고 이 다이아몬드는 극진한 대접을 받은 감사의 표시로 장군
부인에게 내리신 선물이오. 오늘 하루 지극히 즐겁게 지내신
모양입니다.

맥베스 준비할 시간이 없어서, 마음은 간절했지만 뜻대로 안 되어 실
수투성이요. 여유만 있었던들 마음껏 대접할 수 있었을 텐데.

밴쿠오 모든 일이 잘 되었소. 간밤에 세 마녀 꿈을 꾸었소. 장군의 경우
는 잘 맞아 들었어요. 마녀의 예언 말이오.

맥베스 마녀들에 대해서는 잊고 있었소. 그러나 언제 한 시간쯤 틈을
낼 수 있으면 그 일에 관해서 얘기 좀 나눕시다.

밴쿠오 기꺼이 그러리다.

맥베스 기회가 왔을 때 나를 지원해주면, 내, 명예로운 지위를 약속해
드리리다.

밴쿠오 영화를 노리다가 신세를 망치면 곤란하지만, 마음이 평화로운
가운데 충성심을 지켜나갈 수만 있다면 어느 때라도 상의에 응
하겠소.

맥베스 그때까지 편히 계시오!

밴쿠오 고맙소. 그럼 안녕히. (밴쿠오와 플리언스 퇴장)

맥베스 가서 마님께 장군의 술상이 준비됐으면 종을 울리라고 여쭈어라. 너는 물러가서 자거라. (시종 퇴장) 지금 내 눈앞에 보이는, 손잡이가 내 손 쪽으로 향한 이것이 단검인가? 오너라, 단검이여. 내가 그대를 낚아채마! 바로 눈앞에 보면서도 잡을 수가 없구나. 고약한 환영이로다. 너는 단지 마음에 비치는 단검일 뿐인가, 열이 오른 내 머리가 만들어낸 망상의 산물인가? 보이는구나. 손에 닿을 듯한 느낌이로다. 지금 이렇게 **뺄** 수 있는 내 단검과 똑같구나. 내가 가고 싶은 방향으로 나를 인도할 참인가? 바로 너였던 것이다, 내가 쓰려고 하는 무기는. (일어선다) 눈이 어떻게 되어버린 것인가, 아니면 눈만 멀쩡한 것인가? 또 보이는구나. 칼자루와 칼날에, 없었던 핏자국이 있구나. (제정신으로 돌아와서) 그럴 리가 없지. 눈에 그렇게 비치는 것은 피비린내 나는 흉계 때문이다. 지금, 이 세상의 반이 죽은 듯이 고요한 밤, 잠은 장막 속에 감싸여 악몽에 시달리고 있다. 마녀들은 창백한 헤카테(하계를 다스리는 여신으로 망령. 마술의 여왕-역자 주)에게 재물을 바치고, 말라비틀어진 살인마는 파수꾼인 늑대의 긴 울부짖음에 잠을 깨어, 옛날 로마 시대 타르키니우스가 정숙한 여자들을 욕보이러 갈 때의 그 숨죽인 발걸음으로 살금살금 유령처럼 표적을 향해 가고 있다. 요지부동인 대지여, 내 발길이 어디로 향하건 그 소리를 듣지 마라. 발 아래 밟히는 돌들이 행여 나의 소재를 알릴까 두렵다. 이 시간의 처참한 고요를 깨뜨리지 마라. 내가 이토록 협박하고 있음에도 그는 살아 있다. 말은 실행의 열의에 찬바람을 보낼 뿐이다. (종소리) 가자, 그러면 일은 끝나는 것이다. 종소리가 나를 부르고 있다. 덩컨이여, 저 소리를 듣지 마라. 저 소리는 그대를 천국으로, 또는 지옥으로 불러들이는 조종(弔鐘)이다. (퇴장)

제2장 같은 장소

맥베스 부인 등장.

맥베스 부인 두 녀석을 곤드레만드레 취하게 한 이 술이 내 마음을 오히려 대담하게 만들어주었다. 두 녀석은 잠잠하게 만들었지만 내겐 불을 붙여놓았구나. 저 소리! 쉿! 나직이 울어대는 저 소리는 올빼미가 아닌가! 사형수에게 마지막 작별을 고하는 불길한 불침번. 지금 작별을 고하고 있는 중인가 보다. 문이 열려 있다. 곯아떨어진 두 호위병은 코를 드르렁거리며 자고 있구나. 술에는 약을 타 났지. 삶과 죽음이 두 녀석을 휘어잡고는, 살려둘까 죽여버릴까 서로 다투고 있을 거다.

맥베스 (안에서) 누구냐? 게 무슨 일이냐?

맥베스 부인 앗, 그들이 깨어났으면 어쩌지? 아직 일을 끝내지 않았는데. 시작해놓고 일을 끝내지 못하면 만사 끝장이다. 저 소리! 내

가 두 녀석의 단검을 미리 준비해놨는데, 그분이 그것을 못 볼
리는 없겠지. 왕의 잠든 얼굴이 내 아버님의 얼굴만 닮지 않았
어도 내가 해치웠을 텐데. (부인이 계단 쪽으로 가려다 돌아서자 맥베
스가 나타난다. 양팔이 피투성이가 된 채 왼손에는 두 자루의 단검을 쥐고 있
다) 여보!

맥베스 (속삭이는 소리로) 해치웠어. ……무슨 소리가 들리지 않았소?

맥베스 부인 올빼미가 신음 소리를 내고, 귀뚜라미가 울부짖더군요. 당
신이 소리를 내지 않았나요?

맥베스 언제?

맥베스 부인 방금요.

맥베스 내가 내려올 때 말이오?

맥베스 부인 그래요.

맥베스 쉿! 저 소린? 옆방에서 자고 있는 사람은 누구요?

맥베스 부인 도널베인이죠.

맥베스 이 무슨 비참한 꼴인가.

맥베스 부인 바보 같은 소리, 비참한 꼴이라뇨?

맥베스 한 녀석은 자면서 웃고, 또 한 녀석은 '살인이야!'라고 부르짖
더군. 그러더니 두 놈 다 눈을 떴소. 나는 그 자리에 서서 그들
이 하는 소리에 귀를 기울였는데, 이윽고 그들은 기도를 올리
더니 다시 잠이 들었소.

맥베스 부인 둘은 함께 자고 있었죠.

맥베스 한쪽이 '신이여, 자비를 베푸소서!' 하자 다른 쪽이 '아멘'이라

고 말했지. 마치 살인자인 나의 손을 보고 있는 듯했소. 그들은 '신이여, 자비를 베푸소서!' 라고 말했지만, 공포에 질린 두 녀석의 아우성을 듣고 있자니 나는 '아멘' 이라는 말도 할 수 없게 되었소.

맥베스 부인   너무 깊이 생각지 마세요.

맥베스   그러나 어째서 나는 '아멘' 이라는 말을 할 수 없었을까? 나만큼 하느님의 자비심을 필요로 하는 자도 없을 텐데 '아멘' 이라는 소리가 목에 걸려 나오지 않았소.

맥베스 부인   이 일을 그런 식으로 생각지 마세요. 그렇게 생각하시다간 미쳐버리겠어요.

맥베스   나는 외치는 소리를 들은 듯하오. '이젠 잠을 잘 수 없다! 맥베스가 잠을 죽여버렸다.' 아, 천진난만한 잠이여, 근심 걱정의 엉킨 실타래를 풀어주는 잠이여, 매일매일의 죽음인 잠이여, 힘겨운 노동 뒤의 목욕이여, 마음의 상처를 아물게 하는 약이여, 대자연이 언제나 준비하고 있는 은혜여, 이 세상 향연의 최고의 자양분인 잠이여…….

맥베스 부인   그것이 어떻다는 거죠?

맥베스   언제까지나 부르짖고 있었소. '이젠 잠을 잘 수가 없다!' 온 성안이 떠들썩했지. '글래미스가 잠을 죽였다. 그렇기 때문에 코더는 영영 잠을 이룰 수 없다. 맥베스는 이제 잠을 잘 수 없다!'

맥베스 부인   도대체 누가 그런 고함을 질렀다는 겁니까? 당신은 위대한 영주님이세요. 왜 부질없는 생각으로 귀중한 힘을 스스로

쇠퇴시키고 있는 거예요? 물을 떠다가 손에 묻은 그 더러운 핏자국이나 씻어버리세요. 어째서 그 단검을 여기까지 들고 오셨어요? 그것들은 살해 현장에 두고 올 계획이었잖아요. 갖고 가세요! 얼른 가서 자고 있는 두 호위병에게 피를 발라놓고 오세요.

맥베스 이제 다시는 그곳에 가지 않겠소. 내가 한 짓을 생각하면 소름이 끼치오. 두 번 다시 보기도 싫소.

맥베스 부인 나약한 양반! 그 칼을 이리 주세요. 잠들어 있는 자와 죽은 시체는 그림에 지나지 않아요. 그림 속의 악마를 보고 무서워하는 것은 어린애들뿐입니다. 아직 피를 흘리고 있으면, 그걸 호위병 얼굴에 발라놓고 오겠어요. 그래야 두 사람이 저지른 것처럼 보이질 않겠어요? (퇴장. 안에서 노크 소리)

맥베스 저 소리는 어디서 나는 거냐? 웬일일까, 소리만 들어도 깜짝 깜짝 놀라다니! 이 손은 무엇이냐? 눈알이 빠져나가는 것 같다! 아아! 바다의 신 넵튠의 바닷물로써 이 손의 피를 깨끗이 씻어줄 수 있을까? 아니다, 이 손이 오히려 굽이치는 푸른 바닷물을 붉은 핏빛으로 물들여, 푸른 물결이 주홍빛으로 변해버릴 것이다.

맥베스 부인 등장.

맥베스 부인 제 손도 당신의 손과 똑같은 빛깔이 되었어요. 그러나 마음속은 당신처럼 그토록 창백하게 질려 있진 않답니다. (노크 소리) 남쪽 입구에서 문을 두드리는 소리가 들리는군요. 함께 방으로 돌아갑시다. 약간의 물이 우리의 핏자국을 깨끗이 씻어줄 거예요. 아무 일도 아니에요! 용기를 잃고 계시는군요. (문을 두드리는 소리) 들어보세요! 문을 계속 두드리고 있어요. 잠옷으로 갈아입으세요. 만약 불려 나가게 될 경우, 깨어 있었다고 의심을 받으면 곤란하니까요. 제발 그렇게 멍청히 서 계시지 마세요.

맥베스 내가 저지른 일을 생각할 바에는 차라리 나 자신을 잊어버리는 게 낫지. (문 두드리는 소리) 그 소리로 덩컨을 깨우라! 할 수 있으면 그렇게 해보라! (두 사람 퇴장)

제3장 같은 장소

문지기 등장. 안에서 문 두드리는 소리가 점점 요란해진다.

문지기 잘도 두드린다! 내가 지옥의 문지기라면 열쇠를 돌려대느라 잠시도 틈이 나질 않겠군. (문 두드리는 소리) 두드려라, 두드려라, 두드려라! 지옥의 대장 나리 이름으로 묻겠다. 도대체 누구냐? 풍년 들어 곡식 값이 떨어질까 봐 목을 매단 농부인가 보구나. 때마침 잘 왔다! 손수건이나 잔뜩 준비해라, 여기서 진땀깨나 흘리게 될 테니. (문 두드리는 소리) 두드려라, 두드려! 악마의 이름으로 묻겠는데, 도대체 넌 누구냐? 양다리를 걸치는 놈이구

나. 양쪽에 다 통하는 서약을 하고 얼버무리는 사기꾼이로군. 하느님의 이름으로 반역을 한 사기꾼이지? 네놈, 천당엔 다 갔다! 들어오시오, 사기꾼 양반! (문 두드리는 소리) 두드려라, 두드려라, 누구요? 영국의 양복장이가 오셨다, 이 말씀이지? 헐렁헐렁한 프랑스식 바지가 유행할 땐 옷감 잘라먹기 좋았지. 들어오슈, 양복장이 나리. 지옥의 불이 다리미 달구는 데에는 그저 그만이오. (문 두드리는 소리) 탕, 탕, 두드려라! 쉴 줄 모르고 두드리네! 대체 누구란 말이냐? 그러나 이곳은 지옥 치고는 너무 추워서 탈이네. 지옥의 문지기는 이것으로 하직이다. 속세에서 쾌락의 길을 걷다가 영겁의 불길 속으로 뛰어드는 놈이면, 이것저것 직업을 따질 것 없이 몇 놈 통과시켜줄 생각이었는데. (문 두드리는 소리) 갑니다, 가요! (문을 연다) 제발, 이 문지기를 잊지 마시오.

맥더프 간밤에 늦게 잠자리에 들었구먼, 이토록 늦잠을 자다니.

문지기 그렇습니다, 나리. 두 번째 닭이 울 때까지 술추렴을 했습죠. 그런데 나리, 술이라는 놈은 세 가지 자극을 주는군요.

맥더프 세 가지 자극이라니?

문지기 코가 빨개지고, 졸음이 오고, 오줌이 마렵다는 얘기올시다. 성욕은 말입니다, 자극하기도 하고 안 하기도 합니다. 욕정은 일지만 일은 못 치르죠. 그래서 과음은 색정에 관한 한 양다리를 걸치는 사기꾼이라 하지 않습니까요? 욕정을 일으켰다가는 죽여버리고, 충동질을 했다가는 다시 물러서게 하죠. 용기를 주었다가 실망시키고, 시작하게 해놓고 꽁무니를 빼며, 결국은 속여서 잠들게 한 다음 넘어뜨려놓고 줄행랑을 치죠.

맥더프 간밤에 술타령에 짓눌렸구려.

문지기 그렇습니다, 나리. 목덜미를 잡혀 쓰러졌지요. 하지만 저도 그놈의 술에 보복을 해줬답니다. 저도 그놈에게는 어지간히 강하거든요. 놈을 말끔히 토해내어 넘어뜨렸지요. 때로는 그놈이 내 다리를 붙들고 휘청거리게 하기도 했습니다만.

맥더프 주인 나리는 일어나셨나?

　　　맥베스, 잠옷을 걸친 채 등장.

　　　노크 소리에 잠을 깨신 모양이군. 장군님이시다. 안녕히 주무셨습니까, 맥베스 님? (문지기 퇴장)

레녹스 안녕하십니까. 장군님.

맥베스 두 사람 다 안녕히 주무셨소?

맥더프 폐하께서는 일어나셨습니까?

맥베스 아직 안 일어나셨소.

맥더프 아침 일찍 깨우라는 분부셨습니다. 까딱하면 늦을 뻔했어요.

맥베스 폐하께 가보세.

맥더프 이런 일은 즐거운 일이죠. 물론 수고스럽지만요.

맥베스 즐거운 수고는 마음의 고통을 덜어주지요. 여기가 문이오.

맥더프 깨워도 괜찮겠죠? 그렇게 하라는 명령을 받았으니까요. (퇴장)

레녹스 폐하께서는 오늘 출발하십니까?

맥베스   그렇소. 그렇게 말씀하셨소.

레녹스   간밤엔 어수선했습니다. 우리 숙소의 연통이 바람에 몽땅 날아갔어요. 다들 하는 얘기로는 비탄의 소리와 이상한 죽음의 신음 소리가 하늘로 퍼져나갔다 합니다. 이 불행한 세상에 무시무시한 혼란과 변란이 일어날 징조를 예언하는 소리가 무섭게 들리고, 불길하게도 올빼미 울음소리가 밤새껏 들렸다 합니다. 대지가 열병을 앓는 것처럼 진동했다는 말이 떠돌기도 했습니다.

맥베스   험악한 밤이었소.

레녹스   젊은 제 기억으로는 이보다 더 음산한 밤은 없었던 것 같습니다.

　　　맥더프 등장.

맥더프   아, 무서운 참변이다! 참변이야, 참변! 이루 말로 다 할 수 없구나. 생각하기조차 끔찍해!

맥베스, 레녹스   왜 그러시오?

맥더프   파괴력이 최대의 힘을 발휘했어! 극악무도한 살상이 거룩한 신의 집을 마구 부수고 그곳에서 생명을 약탈해 갔다!

맥베스   뭐라고 말했나? 생명이라고?

레녹스   폐하의 목숨 말인가요?

맥더프   방에 들어가 보오. 괴녀 고르곤(그리스 신화에 나오는 괴이한 세 자매. 뱀의 머리, 거대한 이빨, 놋쇠 발톱을 가진 추악한 얼굴로 사람을 돌로 변하게 하는 힘을 가졌음–역자 주)을 처음 보듯, 눈 뜨고는 볼 수 없는 광경이오. 내게 묻지 마오. 가서 보고 각자가 직접 말해요. (맥베스와 레녹스 퇴장) 깨어라, 깨어나라! 경종을 울려라! 살인이다! 반란이다! 밴쿠오, 도널베인! 맬컴! 깨어나시오! 포근한 죽음 같은 잠을 떨쳐버리고 깨어나시오! 그리하여 진짜 죽음을 직시하시오! 일어나라, 일어나 이 무서운 죽음의 광경을 보시오! 맬컴! 밴쿠오! 유령이 무덤에서 일어나 걸어 나오듯 나오시오. 마지막 심판 광경을 눈을 부릅뜨고 보시오. 경종을 울려라! (종이 울린다)

맥베스 부인 등장.

맥베스 부인 무슨 일이기에 저 소름 끼치는 경종을 울려 온 성 안의 사람들을 깨워 모이게 하는 거요? 이유를 대시오, 이유를!

맥더프 아, 고매하신 부인이여, 제가 어떻게 이 얘기를 들려드릴 수 있겠습니까? 여자가 들으면 기절하여 죽어버릴 얘기를요.

밴쿠오 등장.

밴쿠오, 밴쿠오! 국왕께서 살해당하셨소!

맥베스 부인 아아, 이게 무슨 변이오! 더욱이 우리 집 안에서!

밴쿠오 어느 곳에서 있었건 끔찍스럽고 무참한 일입니다. 맥더프, 부탁이오. 잘못 얘기한 거라고 말해주오. 그런 일은 없었노라고 말해주오.

맥베스, 레녹스 그리고 로스 등장.

맥베스 내가 이 참변이 있기 한 시간 전에만 죽었던들, 나는 행복한 인생을 살았노라고 말할 수 있었을 것을. 이 순간 이후로는 세상에 중요한 일이란 있을 수 없다. 남은 것은 부질없는 것들뿐이다. 명예도 덕망도 사라졌다. 생명의 술도 메말라버렸다. 무슨 말을 하더라도 이 술창고의 둥근 천장 아래 남은 것은 술 찌기뿐이로다.

맬컴과 도널베인 등장.

도널베인 무슨 일이오?

맥베스 전하의 신상에 관한 일인데, 아무것도 모르고 계시는군요. 왕자님 혈통의 원천이요 시작이요 샘이 말라버렸습니다. 근원이 아주 멈춰버렸습니다.

맥더프 부왕께서 살해당하셨소.

맬 컴 뭐요? 누구에게?

레녹스 호위병의 짓인 듯합니다. 두 사람 다 손이건 얼굴이건 그저 피투성이입니다. 그들의 단검에도 핏자국이 남아 있습니다. 피가 씻기지도 않은 채 두 사람의 머리맡에 있었습니다. 그들은 얼빠진 사람처럼 서로 멍하니 쳐다보고만 있었습니다. 도저히 사람의 생명을 맡겨 안심할 만한 자들로는 보이지 않았습니다.

맥베스 아, 하지만 분노가 복받쳐 내가 그들을 죽여버리고 말았소.

맥더프 어째서 그런 짓을 하였소?

맥베스 도대체 누가 당황하면서도 침착할 수 있고, 분노하면서도 절도를 지킬 수 있으며, 충성하면서도 냉담할 수 있겠소? 누가 동시에 그럴 수 있단 말이오? 국왕에 대한 나의 열렬한 사랑이 넘쳐서 이성의 힘을 앞질러버렸소. 덩컨 왕은 이쪽에 쓰러져 계셨습니다. 은빛 살결은 금빛 핏발로 무늬 져 있고, 벙긋이 입을 벌린 상처는 파멸이 무참히 출입하는 인체의 갈라진 틈 같았소. 그리고 저쪽에는 살인마들이 그들의 생업에 어울리는 핏빛으로 물들어 있고, 그자들의 단검에는 핏덩어리가 응고돼 있었소. 충성심을 갖고 있는 자, 충성의 용기를 갖고 있는 자가 그 광경을 보고 어찌 참을 수 있었겠소?

맥베스 부인 (실신하듯이) 아, 누가 저를 좀 부축해주세요.

맥더프 부인을 돌보시오.

맬 컴 (도널베인에게 방백) 왜 우린 입을 다물고 있는 거지? 누구보다도 우리에게 가장 관계 깊은 일인데 말이야.

도널베인 (맬컴에게 방백으로) 지금 무슨 말을 하겠어요, 어떤 운명이 송곳 끝 같은 틈새에 숨어 있다가 언제 우리들을 습격할지 알 수 없는데요. 얼른 갑시다. 눈물도 나오지 않는구려.

맬 컴 (도널베인에게 방백) 엄청난 슬픔을 느낄 겨를도 없구나.

뱅쿠오 부인을 돌보아주시오. (맥베스 부인, 부축을 받으며 나간다) 그리고 우리도 거의 벌거벗은 몸으로 추위에 떨지 말고, 옷을 입은 후에 다시 모여서 이 잔인무도한 범죄를 조사키로 합시다. 공포와 의심으로 온몸이 와들와들 떨리지만, 하느님의 거룩한 손길을 나는 믿소. 이 대역행위 뒤에 숨은 음모에 나는 과감히 도전하렵니다.

맥더프   저도 마찬가집니다.

일 동   모두 힘을 합칩시다.

맥베스   빨리 옷을 갈아입고 홀에서 만납시다.

일 동   알겠소. (맬컴과 도널베인만 남고 모두 퇴장)

맬 컴   어쩔 셈이냐? 그들과 함께 행동할 필요는 없다. 마음에도 없는 슬픔을 겉으로 나타내는 일은 위선자들에게 쉬운 일이지. 나는 영국으로 가련다.

도널베인   저는 아일랜드로 가겠어요. 서로 다른 운명의 길을 택하는 것이 서로에게 더 안전하겠죠. 우리가 여기에 있는 한 사람의 웃음 속에는 단검이 숨어 있을 것입니다. 근친일수록 피 냄새를 맡으려고 접근할 테니까요.

맬 컴   살인의 화살이 시위를 떠난 채로 하늘을 가르고 있다. 몸을 지키려면 과녁을 피해야 한다. 그러니 말에 올라라. 유난스러운 작별 인사는 피하기로 하고, 살짝 빠져나가는 것이다. 극한 상황에 처했을 땐 자기 자신의 목숨을 슬쩍 훔쳐내는 일도 용납될 수 있다. (퇴장)

제4장 맥베스의 성 밖

로스와 노인 한 사람 등장.

노 인 저는 칠십 평생 일어난 일들을 잘 기억하고 있습니다. 그동안 이상스러운 일, 무서운 일들을 참 많이도 보아왔습죠. 그러나 간밤에 일어난 끔찍한 사건은 옛날 일들을 무색케 합니다요.

로 스 (하늘을 올려다보며) 노인장, 보세요. 하늘도 무심치 않아, 인간의 행위를 걱정한 나머지 이 피투성이 무대를 위협하고 있습니다. 시간은 낮인데도 캄캄한 밤이 태양을 덮으며 위협하고 있소. 밤의 세력이 우세해서 그런지 낮이 부끄러워서 그런지, 밝은 햇빛이 이 땅을 비춰야 할 때 어둠이 온통 뒤덮고 있습니다.

노 인 심상치 않은 일입니다. 이번 사건을 생각해보면 말입니다. 지난 화요일이었습니다. 하늘 높이 솟아 있던 매가, 쥐를 잡아먹은 부엉이의 습격을 받아 죽었습니다.

로 스 쭉 뻗은 몸에서, 무척 빨리 달려서 명마로 평판이 나 있던 덩컨 왕의 말들이 — 이상하지만 틀림없는 얘깁니다 — 갑자기 사나워져서 마구간을 부수고 뛰쳐나와 마치 싸울 듯이 사람에게 대들었답니다.

노 인 서로 물어뜯으며, 법석을 떨었다 합디다.

로 스 보고 있던 나도 그저 놀랄 뿐이었죠.

맥더프 등장.

　　　　　맥더프님이 오십니다. 일이 어떻게 되었소?

맥더프　왜, 아직 모르시오?

로　스　처참하기 그지없는 그 피투성이 행위를 저지른 자가 누구인지 판명되었소?

맥더프　맥베스가 죽여버린 그 두 사람이었소.

로　스　아아, 저런! 무엇 때문에 그런 짓을 했을까?

맥더프　매수되었답니다. 맬컴과 도널베인 두 왕자가 살며시 빠져나가 도망쳤소. 따라서 두 왕자가 혐의를 받고 있소.

로　스　그 일 역시 천리(天理)에 어긋나는 일이군요. 무익한 야심 때문에 핏줄의 원천을 마르게 하다니! 그렇다면 왕위가 맥베스 님에게 돌아가는 것은 확실한 일이 되었구려.

맥더프　이미 지명되어 대관식을 거행하러 스쿤으로 떠나셨습니다.

로　스　덩컨 왕의 유해는 어디로 모셨소?

맥더프　콤길로 옮겼습니다. 선왕 대대로 성스러운 묘역이며, 역대 제왕의 유골을 모신 곳이지요.

로　스　스쿤으로 가실 예정입니까?

맥더프　아닙니다, 파이프로 가겠습니다.

로　스　저는 스쿤으로 가겠습니다.

맥더프　그곳에서 모든 일이 잘되기를 바랍니다. 또 봅시다! 우리들의 낡은 옷이 새 옷보다 낫다는 평이 나지 않도록 합시다.

로 스 안녕히 계십시오, 노인장.

노 인 하느님의 축복이 당신에게 있기를 빕니다. 악을 선으로, 적을 우리 편으로 바꾸는 분에게도 축복이 내리기를 빌겠소! (일동 퇴장)

제3막

제1장 포레스 궁정

밴쿠오 등장.

밴쿠오 모두 네 손아귀에 들어갔구나 — 왕위, 코더 영주, 글래미스 영주, 이 모든 것. 마녀들이 약속한 대로다. 그러나 너는 가장 더러운 방법으로 이 모든 것들을 차지한 게 아닌가 싶구나. 그러나 왕위는 네 후손에까지 계승되지 않고, 대대로 이어갈 제왕의 근원이며 조상은 바로 나라고 하지 않았던가! 마녀들의 예언이 사실이라면, 맥베스, 네 머리 위에 그들의 예언이 찬란히 빛나고 있다는 걸 명심해라. 네 경우가 실현되었으니, 내가 받은 신탁도 기대할 수 있는 것이 아니겠는가? 쉿, 이만

해두자!

나팔 소리. 왕이 된 맥베스, 왕비가 된 맥베스 부인, 레녹스, 로스, 귀족들, 시종들 등장.

맥베스 주빈이 여기 계시는군.

맥베스 부인 이분이 나타나지 않으셨으면 이 잔치는 구멍이 난 것처럼 어울리지 않게 될 뻔했습니다.

맥베스 오늘 밤 공식 만찬회를 열 테니 모두 참석해주시오.

밴쿠오 국왕께서는 그저 하명만 해주십시오. 제 의무는 그저 어명에 복종하는 일인 줄 아옵니다.

맥베스 오후에는 말을 타고 어딜 갈 거라면서요?

밴쿠오 그럴 작정입니다. 폐하.

맥베스 오늘 회의에서 그대의 신중하고도 유익한 의견을 듣고 싶었는데. 좋소, 내일 듣기로 합시다. 멀리 갈 작정이오?

밴쿠오 지금부터 달리면 만찬회 때까지는 돌아올 수 있을 겁니다. 말이 잘 달려주지 않으면, 어둠 속을 한두 시간 더 달려야 할지도 모릅니다만.

맥베스 연회에는 늦지 않도록 하시오.

밴쿠오 물론입니다.

맥베스 듣자 하니 잔인한 두 살인마 형제가 영국과 아일랜드에 가서 몸을 의탁한 채, 자기네들의 부왕 살해 건에 대해서는 숫제 입을 다물고 기괴망측한 소문만 퍼뜨리고 있는 모양이오. 좋소,

이 일도 내일 의논키로 합시다. 이 밖에 나라 일에 관해서 꼭 함께 상의할 일이 있소. 어서 출발하시오. 밤에 다시 만납시다. 잘 가시오. 플리언스도 함께 갈 예정이오?

밴쿠오 그렇습니다, 폐하. 출발 시간이 되었습니다.

맥베스 말이 튼튼한 다리로 빨리 달려주길 바라겠소. 두 사람을 말 등에 맡겨두겠소. 안녕히 가시오. (밴쿠오 퇴장) 모두들 밤 일곱 시까지는 자유롭게 시간을 보내도 좋다. 손님들을 한결 기분 좋게 맞기 위해 만찬회가 시작되기 전까지는 혼자 있고 싶다. 헤어졌다가 그때 다시 만나자! (맥베스와 시종 한 사람만 남고 모두 퇴장) 여봐라, 이리 오너라. 그자들은 기다리고 있느냐?

시 종 네, 폐하. 궁성 문밖에서 기다리고 있습니다.

맥베스 이곳으로 불러들여라. (시종 퇴장) 왕이 되는 것도 부질없는 일, 그것이 마음 편한 일이 아니라면. 밴쿠오에 대한 두려움은 내 마음 깊이 박혀 있다. 그의 고귀한 성품 속에는 두려움을 느끼게 하는 그 무엇이 도사리고 있다. 과감히 일을 단행하는 기백도 있고, 용감한 기백에다 안전하게 일을 실현시키는 지력까지 겸비하고 있어. 내가 두려워하는 것은 오로지 그의 존재뿐이다. 그와 함께 있으면 나의 수호신도 맥을 못 춘다. 흔히 하는 얘기대로, 마치 시저 앞에 나타난 안토니우스와 같다. 밴쿠오는 마녀들을 다그쳤었지. 마녀들이 나를 왕이라고 부르자 자기에 대해서도 한마디 하라고 호통쳤어. 그랬더니 마녀들은 예언자나 되는 듯이, '당신은 대대손손 제왕들의 조상이 될 것이다'

하고 축하 인사를 했었지. 내 머리 위에는 열매 맺지 못할 왕관을 씌우고, 이 손에는 내 직계 자손이 아닌 남의 자손이 왕권을 계승하게 될 허황된 황홀을 쥐여주었다. 그렇다면 나는 밴쿠오의 자손을 위하여 내 마음을 더럽혔고, 그들은 위해서 고결한 덩컨을 죽인 셈이 된다. 내 평화스러운 마음의 술잔에 원한이 섞인 것도 그들 때문이었단 말인가! 이 영원한 마음의 보석을 인류 공통의 적수인 악마에게 내준 것도 결국은 밴쿠오의 자손을 왕위에 앉히기 위해서였단 말인가! 차라리 일이 이쯤 되었다면 좋다, 좋아, 운명이여 오너라, 내가 상대해주마. 최후의 순간까지 싸울 테다. 누구냐?

  시종이 두 자객을 데리고 다시 등장.

문밖에서 부를 때까지 기다리고 있거라. (시종 퇴장) 우리가 함께 얘기를 나눈 것이 어제였던가?

자객 1 예, 폐하.

맥베스 그래, 어떠냐, 내가 한 말을 잘 생각해봤느냐? 알겠지? 지금까지 너희들을 불행하게 만든 사람이 난 줄로 오해하고 있었나 본데, 실은 그 사람이었다. 이 문제는 지난번 만나서 얘기했을 때 충분히 이해했을 줄 안다. 말끝마다 증거를 대면서, 어떻게 속고 배반당했으며 앞잡이는 누구이며 누가 그를 조종했느냐 하는 점에 대해서 그리고 그 밖의 모든 것에 대해서 말했으니, 아무리 바보나 미친놈이라 할지라도 '그것은 밴쿠오가 한 짓'

이라고 납득할 수 있을 것이다.

자객 1 그건 잘 이해하고 있습니다.

맥베스 그렇겠지. 그리고 그다음에 얘기한 것이 있었는데, 오늘은 그 점에 대해 의논하려고 부른 것이다. 너희들은 이 문제를 그냥 넘겨버릴 수 있을 정도로 참을성이 뛰어난 자들이냐? 너희들은 신앙심이 깊어 선한 자와 그 자손들을 위해 기도라도 올려야겠다는 심정인가? 그 무자비한 놈 때문에 무덤에까지 끌려가다시피 고초를 겪고, 가족들은 알거지가 다 되었는데도?

자객 1 폐하, 저희들도 사내 대장부입니다.

맥베스 그렇지, 일람표 항목으로 따진다면 자네들도 사람 축에 들 테지. 사냥개와 그레이하운드, 잡종개, 스파니엘, 들개, 삽살개, 땅개, 불독 같은 개들도 모두 개 종류에 속하듯이 말이네. 그러나 가격표에 있어서는 구별되고 있지. 빠른 놈, 느린 놈, 영리한 놈, 집개, 사냥개 등등 풍요한 자연이 부여해준 능력에 따라 일일이 나뉘어 있기 때문에, 일람표로써는 알 수 없는 독자적인 호칭이 있는 법이지, 사람도 이와 같아. 너희들도 인간 가격표에 적혀 있으니, 만약 최하 계급에 속해 있지 않다면 그렇다고 말을 하라. 그러면 너희에게 내가 은밀히 부탁할 일이 있다. 이 일을 수행하면 너희들은 원수도 처치할 수 있고, 나의 신임과 총애도 얻을 수 있다. 그놈이 살아 있는 동안은 내 몸은 병든 것이나 다름없다. 그놈이 죽어야 나는 건강을 회복할 수 있어.

자객 2 폐하, 저는 세상 사람들한테 얻어맞고 채이고 혼난 적이 한두 번이 아닙니다. 그래서 울분으로 꽉 차 있습니다. 이 세상에 분풀이하는 일이라면 물불을 가리지 않을 작정입니다.

자객 1 저도 온갖 재난에 시달리고 액운에 부대껴왔는데, 이 인생살이를 뜯어고치든지 세상을 하직하든지 사생결단을 내기 위해서 운명을 시험해볼 생각입니다.

맥베스 너희들의 적은 뱅쿠오라는 것을 명심하라.

자객 1, 자객 2 알고 있습니다.

맥베스 또한 그는 나의 적이기도 하다. 그와 나는 서로 으르렁대는 사이이기 때문에, 그가 살아 있는 동안 나는 어떤 급소를 찔릴는지 알 수 없어. 물론 내가 왕권으로써 내 눈앞에서 그를 쫓아낸 후 내 의지로 한 일이라고 공언할 수도 있지만, 그렇게 하지 않는 것은 그와 나의 공통된 친구들이 몇 있어서, 그 우정에 금이 가지 않도록 하기 위해서이다. 그를 때려눕히고도 슬퍼해야 하는 나의 입장에 고충이 있으므로 나는 너희들의 힘을 빌리고 싶은 것이다. 그 밖에 여러 가지 이유로 이 일만은 세상 사람들의 눈에 띄지 않도록 감춰두고 싶구나.

자객 2 저희 두 사람은 어명대로 일을 거행하겠습니다.

자객 1 설사 저희 목숨이…….

맥베스 너희들의 눈빛을 보니 굳은 결의를 알 수 있을 것 같구나. 늦어도 한 시간 이내로 너희들이 잠복할 장소를 가르쳐주겠다. 시간 역시 정확하게 전달해주겠다. 오늘 밤에 결행해야 한다. 이 궁전에서 약간 떨어진 장소에서. 내가 티끌만큼이라도 혐의를 받아서는 안 된다는 것도 명심해둬라. 그리고 일을 처리하는 데 있어서 장애물이나 증거물을 남기지 않기 위해 그의 아들 플리언스도 함께 없애는 일도 나에게는 그지없이 중요하다. 그놈도 검은 운명의 시간을 맛보게 하라. 물러가서 결심해보도록. 또 만나자.

자객 1, 자객 2   결심은 이미 돼 있습니다, 폐하.

맥베스   곧 부를 테니 안에서 기다려라. (자객들 퇴장) 일은 매듭지어졌다. 뱅쿠오여, 오늘 밤 그대의 영혼은 날아가 천당을 찾아 헤매리라. (퇴장)

제2장 같은 장소, 다른 방

맥베스 부인이 시종 한 명을 데리고 등장.

맥베스 부인   뱅쿠오가 궁전을 떠났느냐?

시 종   네, 하오나 오늘 밤에는 돌아오실 예정입니다.

맥베스 부인   폐하께 잠시 드릴 말씀이 있다고 전하여라.

시 종   알겠습니다. (퇴장)

맥베스 부인   모든 일이 허사로다, 허망할 뿐이구나. 뜻을 이루었어도 만족을 얻을 수 없잖은가! 살인을 하고 꺼림칙한 기쁨에 사로

잡히느니 차라리 살해당하는 신세가 더 편하겠다.

맥베스, 생각에 잠겨 등장.

폐하, 어찌 된 일인가요? 한없는 망상에 넋을 잃고 홀로 계시니. 그런 생각은 이미 죽은 사람과 함께 깨끗이 사라져버려야 하지 않습니까?

맥베스 우리는 뱀에게 난도질을 했을 뿐 죽이지는 못했소. 상처가 아물어 원상으로 돌아가면, 우리의 서투른 악행은 언제 독사의 이빨에 물릴지 모를 일이오. 하루 세끼의 식사를 하는데도 불안에 떨어야 하고, 잠잘 때에도 악몽에 시달려 몸부림칠 바에야, 차라리 이 세상이 산산조각으로 깨지고 하늘과 땅이 온통 망해버리는 편이 낫겠소. 차라리 죽은 덩컨과 함께 있는 것이 낫지 않겠소? 우리가 평안을 차지하려다 도리어 그를 고요한 안식의 세계로 보내놓고, 내 마음은 고문을 받고 있는 듯 괴롭고 아프기만 하오. 덩컨은 무덤 속에 누워 있소. 광란의 발작 같은 인생을 마치고 그는 무덤 속에 잠들어 있소. 최악의 반역 행위가 그에게 행해졌소. 그러나 이제는 칼도, 독약도, 내란도, 외군의 침략도 그를 괴롭힐 수 없소!

맥베스 부인 그만하면 됐어요. 자, 폐하, 험상궂은 얼굴은 이제 그만 누그러뜨리시고 명랑한 기분으로 오늘 밤 손님들 앞에 나가세요.

맥베스 그러리다, 그렇게 하리다. 당신도 명랑해지시오. 밴쿠오를 특히 조심하오. 눈과 입으로는 그에게 경의를 표하시오. 그러나 아직은 마음 놓을 수 없소. 나도 국왕의 명예를 유지하기 위해서는 아부와 추종에 몸을 맡기고, 속마음을 드러내서는 안 된다오. 마음에 가면을 씌우고 은폐합시다.

맥베스 부인 폐하, 이제 그런 생각은 버리세요.

맥베스 아! 내 마음속에는 독충이 우글대고 있소! 당신도 알 거요, 뱅쿠오와 플리언스가 아직 살아 있다는 걸.

맥베스 부인 그러나 그 두 사람도 언제까지나 살아 있을 수 없죠.

맥베스 그 얘기를 들으니 위안이 되오. 두 사람도 칼침을 받으면 죽는 거요. 그러니 당신도 기뻐하시오. 박쥐가 사원 안을 날아다니기 전에, 갑충이 마녀 헤카테의 부름을 받고 딱딱한 날갯소리를 내며 졸린 듯이 잠을 재촉하는 밤의 종을 울리기 전에 무시무시하고도 중요한 일이 일어날 테니.

맥베스 부인 어떤 일이 일어나는데요?

맥베스 여보, 당신은 모른 척하고 있어요. 일이 성사되면 찬사나 보내시오. 어서 오너라, 눈을 감게 하는 밤이여. 자비로운 한낮의 온유한 눈을 가리고, 눈에 보이지 않는 피투성이 손으로 나를 위협하는 그의 생명증서를 지워버리고 찢어 없애라! 빛이 사라져가누나. 까마귀는 음산한 숲속으로 날아들고 있다. 낮 동안 선량하게 지낸 사람들은 고개를 숙이고 잠이 들고, 밤의 악독한 무리들은 먹이를 찾아 꿈틀거리기 시작한다. 내 말을 듣고 당신은 야릇한 느낌에 사로잡힌 모양이구려. 하지만 가만히 기다리고 있어요. 악으로 시작된 일은 악으로 다져져야 하는 법

이오. 자아, 그러니 함께 갑시다. (두 사람 퇴장)

제3장 같은 장소, 궁정에 이르는 길가 정원

세 사람의 자객 등장.

자객 1   누가 당신에게 우리와 합세하라고 하던가?

자객 3   맥베스 왕께서.

자객 2   이 사람은 의심할 여지가 없는 것 같군. 우리의 역할과 해야 할 일들을 낱낱이 말하는 걸 보니.

자객 1   그러면 우리와 합세합시다. 서편 하늘에는 아직도 석양빛이 남아 있군. 지금쯤 길을 재촉하는 나그네가 숙소를 찾아 말을 몰아세우고 있을 테니, 우리가 기다리는 표적물도 차츰 다가오고 있는 셈이군.

자객 3   쉿! 말발굽 소리다.

밴쿠오   (멀리서) 여봐라, 횃불을 이리 다오!

자객 2   그놈이다! 초대받은 손님은 모두 지금쯤 궁전에 모여 있을 테니까.

자객 1   그의 말이 먼 길로 돌아서 오는데.

자객 2   거의 1마일이나. 그러나 저자는 저자뿐만 아니라 다른 사람들도 마찬가지지만, 보통 여기서부터 궁전 문까지는 걸어서 가지.

밴쿠오와 횃불을 든 플리언스 등장.

자객 2 횃불이다, 횃불!

자객 3 그놈이다.

밴쿠오 오늘 밤에는 비가 올 듯하군.

자객 1 오고말고! (자객 1, 횃불을 끄자 다른 자객들이 밴쿠오를 습격한다)

밴쿠오 오, 암살이다! 도망가라, 플리언스. 도망, 도망가라, 도망가! 너
는 살아남아서 반드시 복수를 해야 돼. 아, 고약한 놈! (죽는다.
플리언스, 도망친다)

자객 3 횃불을 끈 자가 누구냐?

자객 1 뭐가 잘못됐나?

자객 3 한 놈밖에 못 해치웠잖아. 아들은 도망쳤어.

자객 2 중요한 반 토막을 놓쳤네.

자객 1 여하튼 가세. 가서 상황을 보고하세. (일동 퇴장)

제4장 궁정의 어전

연회석이 준비되어 있다. 맥베스, 맥베스 부인, 로스, 레녹스, 귀족
들, 시종들 등장.

맥베스　모두들 자신의 좌석을 알고 있을 테니 앉으시오. 별로 할 말은 없소만 한마디 한다면 오신 것을 진심으로 환영하오.

귀족들　폐하, 감사합니다.

　맥베스가 부인을 단상으로 인도한다. 귀족들은 긴 탁자의 양쪽에 앉는다. 좌석 하나가 비어 있다.

맥베스　나도 여러분들 틈에 끼여 주인 노릇을 해야겠소. (맥베스 부인은 왕후 옥좌에 앉는다) 단상 옥좌에 앉은 여주인에게 환영사를 한마디 부탁키로 합시다.

맥베스 부인　저 대신 모든 손님들에게 말씀해주세요. 참석해주셔서 정말 기쁘다고요.

　자객 1, 문 앞에 나타난다.

맥베스　보시오, 손님들이 당신에게 깊은 감사의 뜻을 나타내고 있소. 양쪽의 인원수가 똑같으니 나는 한가운데에 앉겠소. 실컷 흥겹게 놀아주시오. 나도 술잔을 들고 한 바퀴 돌겠소. 건배를 해야지, 한 사람 한 사람마다. (문 쪽으로 간다. 작은 소리로 자객에게) 얼굴에 피가 묻어 있어.

자객 1　(작은 소리로) 뱅쿠오의 피올시다.

맥베스　하긴 그놈의 몸 안에 남아 있는 것보다는 네 얼굴에 묻어 있는 게 낫지. 해치웠느냐?

자객 1　(작은 소리로) 그야 물론입죠. 목덜미를 푹 찔렀습니다, 이 손으로 말입니다.

맥베스 (작은 소리로) 솜씨 좋구나. 목덜미라! 플리언스를 해치운 솜씨도 훌륭했겠지? 그렇다면 너는 천하무적이다.

자객 1 (작은 소리로) 그런데 말씀입니다. 폐하, 플리언스는 도망쳤습니다.

맥베스 (방백) 그렇다면 나의 불안이 다시 일어나겠구나. 그 실수만 없었더라면 완전무결했을 텐데. 대리석처럼 견고하고 바위처럼 단단하며, 우리를 감싸고 있는 공기처럼 자유분방할 수도 있었을 터인데. 그러나 네 얘기를 듣고 나니 나는 다시 의혹과 공포와 두려움에 갇히고, 감금되고, 결박을 당하고, 포로가 되어버리는구나. 그러나 뱅쿠오에 대해서만은 마음을 놓아도 괜찮겠지.

자객 1 (작은 소리로) 그럼요. 머리에 스무 군데나 깊은 상처를 입고 개천 속에 처박혀 있습니다. 그중에 가장 작은 상처 하나만으로도 숨통이 끊길 수 있죠.

맥베스 (작은 소리로) 그 일에 대해서는 고맙다. 아비 뱀은 죽었구나. 도망친 새끼 뱀도 머지않아 독을 갖게 될 테지만 지금 당장에는 독침이 없겠지. 가라, 내일 얘기를 더 듣기로 하겠다. (자객1 퇴장)

맥베스 부인 폐하, 대접이 너무 소홀합니다. 연회장에서는 식사 도중에 자주 환대의 뜻을 나타내야 합니다. 그러지 않으면 음식점에서 하는 식사와 다를 것이 없지요. 먹기만 하는 일이라면 각자 자기 집이 제일 편하죠. 자기 집에서의 식사와 다른 점은 환대라는 양념이 아니겠어요? 이것이 없으면 연회는 맥이 빠져버리죠.

맥베스 기꺼이 명심하리다! ……자, 다들 많이 드시고 잘 소화시키고, 더욱 건강하시기를 빌겠소!

레녹스 폐하께서도 옥좌에 앉으시지요.

맥베스 자, 이것으로 우리나라의 명문 명사들이 한 자리에 모였소. 고결하신 밴쿠오 장군도 함께 참석했으면 좋았을 것을.

　　　　밴쿠오의 망령이 나타나서 맥베스의 좌석에 앉는다.

　　　　그분의 무성의를 책하는 것이 차라리 낫지, 만에 하나 사고라도 났으면 큰일이오!

로 스 그가 약속해놓고 안 오시는 거라면 비난을 받아 마땅합니다. 폐하, 제발 옥좌에 앉으셔서 저희들이 신하로서의 은혜를 입게 해주십시오.

맥베스 좌석이 꽉 찼는데?

레녹스 여기 폐하의 좌석이 있습니다.

맥베스 어디?

레녹스 여깁니다, 폐하. 왜 그렇게 놀라십니까?

맥베스 (밴쿠오의 망령에게) 누가 네게 그런 짓을 했느냐?

귀족들 무슨 말씀인지요, 폐하?

맥베스 내가 그랬다고 네가 어떻게 감히 말할 수 있느냐? 피로 물든 너

의 머리카락을 나에게 흔들지 마라. (맥베스 부인, 일어선다)

로 스   여러분, 일어납시다. 폐하께서 기분이 언짢으신가 봅니다.

맥베스 부인   (아래로 내려와서) 여러분, 자리에 앉으십시오. 폐하께서는 간혹 이런 일이 있으십니다. 젊으셨을 때부터 그러셨죠. 제발 자리에 앉아주십시오, 발작은 한순간입니다. 곧 좋아지실 겁니다. 폐하를 너무 지켜보고 계시면 기분이 상하셔서 발작이 오래갑니다. 음식을 드시면서 못 본 척하십시오. (왕에게 방백) 당신도 사내 대장부예요?

맥베스   (작은 소리로) 그렇소, 나는 용감한 사내라오. 악마가 보더라도 까무러칠 저 모습을 이렇게 맞서 뚫어지게 보고 있지 않소?

맥베스 부인   (작은 소리로) 아아, 가관이십니다! 공포에 떨고 있는 당신의 마음이 그려낸 환영에 지나지 않아요. 하늘에 떠 있는 단검이죠. 덩컨의 침소로 인도해줬다던 그 단검 말예요. 아, 이게 무슨 꼴이에요, 갑자기 흥분하고 놀라시니. 그런 건 진짜 공포가 아니에요. 겨울날 화롯가에서 아낙네들이 할머니에게 듣고서 지껄이는 도깨비 이야기에나 있음직한 것이지요. 부끄러운 줄 아세요! 어째서 그런 표정을 지으세요? 폐하께서는 텅 빈 의자를 쏘아보고 계시는 거라구요.

맥베스   (작은 소리로) 제발 저기를 봐요, 저걸 봐! 뭐야? 아무것도 아니라고? 고개를 끄덕일 수 있다면 말도 할 수 있겠구나. 한번 묻어버린 것을 납골당이나 무덤이 다시 뱉어내었다면 이제는 솔개의 위장을 우리의 무덤으로 삼아야겠구나. (망령 사라진다)

맥베스 부인 (작은 소리로) 뭐라구요! 남자답지 못하게, 어리석은 소리 작작하세요!

맥베스 내가 여기서 있는 것이 틀림없는 이상, 나는 그것을 보았소.

맥베스 부인 (작은 소리로) 정말 창피해요!

맥베스 (작은 소리로) 피는 지금까지도 흘려 왔다. 옛날, 인간의 계율이 생겨나 이 세상을 정화시키기 이전에도, 그리고 그 이전에도 무시무시한 살육은 있었다. 그러나, 그때에는 사람의 골이 터져 나오면 이 세상과 종말을 고했는데, 지금은 머리에 스무 군데나 치명상을 입고도 다시 살아나서 사람을 의자에서 밀어내는구나. 살육보다 이것이 더 기이한 일이로다.

맥베스 부인 여보, 손님들이 기다리고 있어요.

맥베스 깜박 잊었었군. 여러분, 이 일에 신경 쓰지 마시오. 나에게는 괴상한 지병이 있소. 나를 알고 있는 사람에게는, 이 일은 아무 것도 아니라오. 자, 여러분들의 우정과 건강을 기리는 건배를 하고 좌석에 앉겠소. 술을 따라라, 철철 넘치도록. 만찬회에 오신 여러분을 축하하고, 이 자리에 참석하지 않은 우리들의 착한 친구 밴쿠오를 위하여. 그가 여기 있었으면 좋았을 것을! 여러분 모두와 밴쿠오 장군을 위해서 건배합시다. 모두들 축배를 듭시다.

귀족들 (건배한다) 폐하에 대한 우리들의 충성을 맹세하면서, 건배.

　　　망령, 다시 나타난다.

맥베스 물러가라! 꺼져라! 땅속으로 꺼져라! (잔을 떨어뜨린다) 네놈은 이미 골수가 빠지고 핏줄도 얼어붙었다. 보이지도 않는 눈동자를 번들번들 굴리면서 나를 노려보아 어쩔 셈이냐?

맥베스 부인 여러분, 이런 일은 늘 있는 일입니다. 별일 아닙니다. 모처럼의 흥을 깨드려서 대단히 미안합니다.

맥베스 사람이 할 수 있는 일이라면 나는 무엇이든 할 수 있다. 털이 텁수룩한 러시아 곰이건, 뿔 돋친 물소건, 히르카니아의 호랑이건 모습을 바꾸고 나오너라. 지금의 그 모습만 아닌 이상 나의 이 단단한 힘줄은 끄떡도 하지 않을 것이다. 아니면 다시 살아나서, 사람의 그림자 하나 얼씬거리지 않는 황야에서 칼싸움이라도 벌여보겠느냐? 그래도 내가 겁을 집어먹고 떤다면, 어린 계집아이가 낳은 자식이라고 불러도 좋다. 물러가라, 소름 끼치는 망령이여! 실체 없는 그림자여! 어서 꺼져라! (망령, 사라진다) 그래, 좋다. 네가 그렇게 사라지면, 나는 다시 제정신으로 돌아갈 것이다. 여러분, 제자리에 앉아주시오.

맥베스 부인 폐하께서 흥을 다 깨셨어요. 즐거운 회합도 엉망이 되어버렸습니다.

맥베스 그것이 나타나 한여름의 구름처럼 갑자기 밀어닥치는데, 어찌 놀라지 않을 수가 있겠소? 나 자신도 뭐가 뭔지 모르겠소. 다른 사람들은 나와 똑같은 것을 보고 있으면서도 안색 하나 안 변하는데 나 혼자만 공포에 질려 창백해졌으니.

로 스 무엇을 보셨습니까, 폐하?

맥베스 부인 제발 아무 말 하지 마십시오. 점점 악화되실 테니까요. 질
문을 하면 성미를 부리시죠. 이만 물러갑시다. 퇴장하는 순서
에 대해서는 신경 쓰실 필요 없습니다. 곧 퇴장해주세요.

레녹스 안녕히 주무십시오. 건강에 유의하시기 바랍니다, 폐하!

맥베스 부인 여러분, 안녕히 가십시오! (귀족들과 시종들 퇴장)

맥베스 아무래도 피를 보고야 말 것 같다! 피는 피를 부른다고 하는데.
묘석이 움직이고, 나무가 입을 열어 말을 했다는데. 어떤 징조
가 나타나 눈에 보이지 않는 인과의 줄기를 드러내고, 까치나
까마귀들을 이용하여 숨은 살인마를 알아낸 적도 있었다는데.
밤이 얼마나 깊었소?

맥베스 부인 밤인지 새벽인지 분간하기 어려운 시각입니다.

맥베스 어떻게 생각하오? 맥더프는 만찬회에 오라는 어명을 끝까지 거
절했지?

맥베스 부인 사환을 보낸 것은 확실합니까?

맥베스 간접적으로 들었소. 사람을 직접 보낼까 하오. 내가 매수해놓
은 하인이 없는 집은 한 집도 없으니까. 내일 아침 일찍 마녀들
이 있는 곳으로 찾아가서 얘기를 더 들어봐야겠소. 무슨 일이
있더라도 알아내야겠소. 최악의 수단을 써서, 최악의 결과가
나오더라도 말이오. 나의 이익을 위해서라면 못 할 일이 없소.
피비린내 나는 혈투 속으로 발을 들여놓은 이상 앞으로 나아가
지 않을 수 없게 되었소. 이제와서 돌아서는 것은 앞으로 나아
가는 것보다 더 어려운 일. 기이한 생각이 머릿속을 맴돌면서
손으로 옮아가려 하고 있소. 해치우는 것이 좋아, 생각은 나중

에 하기로 하고.

맥베스 부인 폐하께서는 온 자연을 소생케 하는 힘이 필요합니다. 잠을
주무셔야죠.

맥베스 갑시다. 잠자리에 듭시다. 이렇듯 환영을 보고 당황하는 것은
풋내기 같은 공포 때문이지. 실행하는 면에 있어서는 아직도
미숙한 우리들이니까. (두 사람 퇴장)

제5장 황야

천둥소리. 마녀 셋이 등장하여 헤카테와 만난다.

마녀 1 웬일이세요, 헤카테님? 화가 나신 모양이네.

헤카테 당연하지, 뻔뻔스럽고 건방진 할망구들아. 어째서 너희들 멋
대로 맥베스와 왕래하고 있느냐? 어째서 맥베스에게 생사의
문제를 수수께끼로 거래하느냐 말이야! 너희들 마술의 스승인
내가 뒤에서 모든 재앙들을 조종하고 있는데 어떻게 감히 나
를 무시하여 마술의 찬란한 위력을 과시하지 못하게 하느냐
고! 괘씸한 일이 어디 그뿐이냐? 너희들이 한 짓은 심술궂고
성 잘 내는 고집쟁이들만을 위한 것이 되었어. 그놈도 다른 녀
석들과 마찬가지로 자기 일만 생각하고 너희들은 돌보지도 않
고 있어. 자, 이젠 마음을 돌려라. 지금 곧 이곳을 출발하여 지

옥의 아케론 동굴에서 새벽녘에 만나자. 그러면 그놈이 올 것이다. 자기 운명을 알고 싶어서 말이다. 도구와 마술, 주문을 몽땅 준비해두어라. 나는 하늘로 날아가마. 오늘 밤에는 무시무시하게 치명적인 일을 저질러야겠다. 나에겐 정오까지 끝내야 할 큰일이 남아 있어. 보라, 저 달 한구석에 증기 같은 무거운 물방울이 괴어 있는데, 떨어지기 전에 그것을 받아내어 마법으로 증류시키면 그 마약의 힘으로 이상한 정령들이 나타나고, 그 환영의 힘에 끌려 그놈은 파멸의 구렁텅이로 빠지고 말 것이다. 운명을 조롱하고 죽음을 비웃는 그놈은, 지혜도 은총도 공포도 무시한 채 오로지 야망만을 알고 헛되이 지내게 될 것이다. 너희들도 잘 알고 있겠지만, 방심은 인간의 최대의 적이다. (안에서 음악과 노랫소리. '오너라, 오너라!⋯⋯' 하는 노래. 구름이 내려온다) 들리느냐? 나를 부르고 있다. 보라, 나의 어린 정령들이 안개 같은 구름 위에 앉아서 나를 기다리고 있지 않느냐. (구름을 타고 날아간다)

마녀 1   어서 가자, 그녀가 곧 돌아올 테니. (일동 사라진다)

제6장 포레스 궁정

레녹스와 귀족 한 사람 등장.

레녹스 지금까지 내가 한 얘기가 당신의 의견과 일치하는 모양이지만, 실은 새로운 해석도 가능합니다. 말씀드리고 싶은 것은, 모든 일이 기묘하게 진전되었다는 겁니다. 거룩하신 덩컨 왕의 죽음을 맥베스가 애도한다는 것까지는 좋습니다. 가엾게도 그분은 돌아가셨으니까요. 용감하신 뱅쿠오는 너무 늦은 밤길을 거닐었어요. 생각하기에 따라서는 그는 어쩌면 아들 플리언스에게 살해되었는지도 모를 일입니다. 플리언스가 도망쳤으니 말입니다. 야밤에 바깥을 쏘다니는 일이란 좋지 않은 일이지요. 맬컴과 도널베인이 자비로운 부친 덩컨을 살해했는데, 아연실색하지 않을 사람이 누가 있겠어요. 천인공노할 일이지. 맥베스는 애석하고 원통했던 모양입니다! 분함을 못 이겨 그 자리에서 두 범인을 참살한 것은 당연한 처사였죠. 그 호위병들은 술과 잠의 노예가 되어 어리벙벙해 있었으니까요. 칼을 휘두른 건 장한 일이었어요. 현명한 처사였죠. 두 호위병이 범행을 부인했다면, 살아 있는 사람 치고 노하지 않을 사람이 어디 있겠어요? 그래서 하는 말입니다만, 그는 일을 교묘하게 처리하고 있어요. 문득 생각나는 게 있군요. 선왕의 두 아들을 체포하게 되면 — 설마 그럴 리는 없겠지만 — 그들은 부친 살해의 벌이 어떤 것인지 알게 될 겁니다. 플리언스도 마찬가지죠. 이쯤 해 둡시다! 하고 싶은 말을 솔직히 다 하고, 폭군의 연회에 불참하였다는 이유로 맥더프는 지금 노여움을 사고 있어요. 그가 어디 숨어 있는지 아십니까?

귀 족 그 폭군에게 왕위 계승권을 박탈당한 덩컨 왕의 태자 맬컴이
영국 궁전에서 세월을 보내고 있죠. 지극히 경건하신 에드워드
왕의 후대를 받으면서요. 역경 속에서도 그분의 존엄성은 조금
도 손상되지 않고 있답니다. 맥더프는 그곳으로 찾아가 그 나
라의 거룩한 임금에게 간청하여 도움을 얻을 모양입니다. 왕자
를 위해 노섬벌랜드 백작과 그의 용감한 아들 시워드를 궐기시
키려는데, 하느님도 무심치 않으실 테니 그 원군 덕택으로 우
리는 다시 마음 놓고 식탁에 앉고, 밤잠도 편히 잘 수 있을 것입
니다. 연회와 향연의 자리에서 피로 물든 칼을 멀리할 수 있게
되었습니다. 충성을 다하여 정당한 영예를 받을 수 있는 날도
멀지 않을 것입니다. 저희들은 이 일이 실현되기를 간절하게
바라고 있습니다. 그런데 들리는 소식에 의하면 이 같은 정보
가 맥베스의 귀에 들어가 그를 분노케 해서 전쟁 준비를 시작
했답니다.

레녹스 맥베스는 맥더프에게 사신을 보냈나요?

귀 족 네, 그러나 '돌아가지 않겠다'는 단호한 거절의 통고를 받은 사
신이 불쾌한 얼굴로 등을 돌리면서 뭐라고 중얼댔답니다. '그
런 회답을 주다니, 나중에 후회할 거요' 하는 정도의 얘기였겠
죠.

레녹스 그런 일이 있었다면, 맥더프는 충분히 주의해서 온갖 지혜를
다하여 맥베스로부터 멀리 떨어져 있어야 하오. 거룩한 하늘의
천사여, 사신이 되어 영국 궁전으로 날아가다오. 그리하여 맥

더프보다 앞서 그의 임무를 전하라. 저주받은 손 때문에 신음하는 이 나라에 속히 축복을 내려주시오.

귀 족　나 역시 똑같은 기도를 올리고 싶소. (두 사람 모두 퇴장)

제4막

제1장 동 굴

동굴 중앙에 끓는 가마솥이 걸려 있다. 천둥소리와 더불어 불길 속에서 세 마녀가 차례로 나타난다.

마녀 1　얼룩괭이가 세 번 울었다.

마녀 2　내 고슴도치는 세 번 울고 한 번 더 울었어.

마녀 3　괴조(怪鳥) 하르피아(여자 얼굴에 새의 몸을 가진 괴물―역자 주)도 울고 또 운다. '때가 왔다, 때가 왔어' 하고.

마녀 1　빙글빙글 돌자. 큰 가마솥 주위를 돌며 썩은 내장을 던져 넣자. 두꺼비 이놈아, 싸늘한 돌 밑에서 서른하루 동안 밤낮없이 잠을 자면서 독을 집어내는 두꺼비 놈아. 네놈을 먼저 마법의 솥에 넣고 끓이자.

일 동 불어나라, 불어나라, 고통이여, 아픔이여. 불꽃이여, 타올라라. 가마솥아, 끓어라.

마녀 2 늪에서 잡은 뱀고기 살 토막을 가마솥에 넣고 끓여라, 구워라. 도롱뇽의 눈알과 개구리 발가락, 박쥐의 털과 개의 혓바닥, 독사의 혓바닥과 독충의 침, 도마뱀의 다리와 올빼미의 날개, 무서운 재난을 일으키는 재앙의 부적이 되도록 지옥의 국물 되어 펄펄 끓어라.

일 동 불어나라, 불어나라, 고통이여, 아픔이여. 불꽃이여, 타올라라. 가마솥아, 끓어라.

마녀 3 용의 비늘, 늑대의 이빨, 마녀의 미라, 굶주린 상어의 위장과 창자, 한밤에 캐낸 독당근 뿌리, 신을 모독하는 유대인의 간, 염소 쓸개와 월식할 때 꺾은 소방목 나뭇가지, 터키인의 코, 타타르인의 입술, 창부가 낳아서 목 졸라 죽인 후 개천에 버린 갓난애의 손가락, 이 모든 것을 넣어서 진국으로 끓이자. 한 가지 더, 호랑이 내장을 집어 넣어라. 진하게, 진하게, 진국을 끓이자.

일 동 불어나라, 불어나라, 고통이여, 아픔이여. 불꽃이여, 타올라라. 가마솥아, 끓어라.

마녀 2 성성이 피로 식히자. 그러면 마술의 힘이 대단해지고, 효력이 생긴다.

　　헤카테와 다른 세 마녀 등장.

헤카테 아, 잘 끓었다! 수고들 했다. 이득이 생기면 나누어주마. 가마솥 주위를 돌며 노래 부르자. 요정들처럼 원을 그리자, 가마솥 안 물건에 마술을 걸고. (음악 소리, 노랫소리, 〈검은 요정들아〉 등등, 헤카테와 세 마녀 퇴장)

마녀 2 엄지손가락이 쑤시는 걸 보니 어떤 흉물이 이리로 오나 보다. (노크 소리) 열려라, 자물쇠야, 누가 문을 두드리건!

　　　문이 열리고 맥베스의 모습이 나타난다.

맥베스 한밤중 어둠 속에 몸을 숨기고 흉악한 짓을 하는 마녀들아, 무엇들 하고 있느냐?

일 동 말할 수 없는 비밀이다.

맥베스 부탁이다. 너희들이 어떻게 해서 예언의 신통력을 갖게 되었는지는 알 수 없지만, 너희들의 그 힘에 기대어 묻는다. 대답해다오. 바람이라는 바람을 몽땅 풀어헤쳐 교회당에 몰아치든, 거품 있는 파도가 선박을 삼켜 버리든, 바람에 보리 이삭이 쓰러지고 수목이 넘어지든, 성벽이 위병들의 머리 위로 무너져 내리든, 궁성과 첨탑이 기울어져 땅 위로 넘어지든, 만물을 낳는 자연의 풍성한 종자가 엉망으로 흩어져 파괴 자체에 넌덜머리가 나든 말든 상관없으니, 내 물음에만 답해다오.

마녀 1 말해보라.

마녀 2 물어보라.

마녀 3 우리가 대답한다.

마녀 1 우리한테서 들을 거냐, 아니면 우리 스승한테서 들을 거냐?

맥베스 불러내라! 스승을 만나게 해다오!

마녀 1 자기 새끼를 아홉 마리 먹어치운 암돼지 피를 짜서 넣고, 살인자가 교수대에서 흘린 기름도 불길 속으로 던져 넣어라.

마녀 일동 신분이 높건 낮건, 지옥에 있는 모든 마녀들아, 모습을 나타내어 임무를 수행하라!

천둥. 환영 1, 맥베스와 같은 투구를 쓰고 솥 안에서 나타난다.

맥베스 말해다오, 눈에 보이지 않는 마력이여 —.

마녀 1 너의 마음속을 알고 있다. 듣기만 하라. 아무 말도 말라.

환영 1 맥베스! 맥베스! 맥베스! 맥더프를 조심하라, 파이프 영주를 조심하라. 이만 가야겠다. 할 말은 다 했다. (사라진다)

맥베스 너의 정체는 알 수 없지만, 좋은 충고에 감사한다. 내 두려움의 핵심을 찔렀다. 한마디만 더 —.

마녀 1 부탁해도 소용없다. 또 하나가 나타난다. 첫 번째보다 더 무서운 것이다.

천둥. 환영 2, 피투성이가 된 어린이가 나타난다.

환영 2 맥베스! 맥베스! 맥베스!

맥베스 귀가 세 개 있어야겠다. 그래야 다 들을 수 있겠다.

환영 2 피를 무서워하지 말고 대담하게 결단성 있게 행동하라. 인간의 힘 같은 것은 웃어넘겨라. 여자의 뱃속에서 태어난 자로서 맥

베스를 쓰러뜨릴 자는 없다. (사라진다)

맥베스 그렇다면 살아 있으라, 맥더프여. 무엇 때문에 너를 무서워하랴? 그러나 거듭 확실히 해두기 위해서는 운명에게서 증서를 받아두어야겠다. 맥더프, 너는 어차피 살려둘 수 없다. 창백하게 떨고 있는 공포심에게도 말해둔다. 천둥소리가 으르렁거려도 편히 잠들 수 있다.

천둥. 환영 3, 왕관을 쓴 어린이가 손에 나뭇가지를 들고 나타난다.

이건 또 무슨 모습인가? 왕위의 계승자인 양 이마에 왕관을 쓰고 나타난 어린이여!

마녀 일동 귀를 기울여라, 주둥이를 놀리지 말고.

환영 3 사자 같은 용기를 지니고 가슴을 펴고 살아라. 신경을 곤두세우지 마라. 누가 화를 내건, 누가 초조해하건, 어디서 반역자가 나타나건 맥베스는 결코 멸망하지 않으리라. 버남의 대삼림이 던시네인의 높은 언덕까지 쳐들어오지 않는 한.

맥베스 그런 일이 있을 수 있는가? 누가 숲을 움직일 수 있으며, 나무에게 명령하여 땅속에 뻗은 뿌리를 뽑게 할 수 있겠는가? 기분 좋은 예언이다! 좋아! 버남의 숲이 두둥실 일어서기 전에는 반역자의 시체가 다시 되살아나지 않을 것이다. 맥베스는 왕위를 차지하고 천수를 다할 것이다. 죽음의 순간이 닥쳐올 때까지 태평한 세월을 누릴 것이다. 그러나 내 마음은 단 한 가지 궁금증 때문에 안달하고 있다. 말해다오, 너의 신통력으로 말할 수 있다면. 밴쿠오의 후손이 이 나라에 군림할 수 있겠느냐?

마녀 일동   그 이상 알려고 하지 마라.

맥베스   나는 마음을 안정시키고 싶다. 이 부탁을 거절한다면, 영원한 저주가 너희들에게 내릴 것이다. 알려다오, 저 솥은 왜 가라앉는가? 그리고 이 소리는 무엇인가? (오보에 소리와 더불어 가마솥이 땅속으로 꺼진다)

마녀 1   보여줘라!

마녀 2   보여줘라!

마녀 3   보여줘라!

마녀 일동   저 눈에 보여주어 그의 마음을 슬프게 하라! 그림자처럼 나타나서, 그림자처럼 사라져라.

    여덟 명의 왕의 그림자가 하나씩 동굴 안을 가로질러 간다. 여덟 번째 왕은 손에 거울을 들고 있다. 그 뒤에 밴쿠오의 망령이 나타난다.

맥베스   꼭 밴쿠오의 망령 같구나. 꺼져라! 그 왕관이 내 눈을 태우는 것 같다. 그리고 또 다른 왕관을 쓴 놈, 네 머리칼은 처음 놈과 같구나. 세 번째도 먼젓번 놈과 같군. 더러운 마녀들! 어째서 이런 꼴을 내게 보여주는가? 넷째 놈! 눈알이 튀어나올 것만 같구나. 여봐라, 이런 행렬을 최후의 심판이 시작되는 날까지 계속할 셈이냐? 또 오는구나. 일곱 번째! 더 이상 볼 수 없다. 아아, 여덟 번째도 나타나네. 손에 거울을 들고 숱하게 많은 자들을 보여주고 있군! 보인다. 구슬 두 개와 홀(笏) 세 개를 들고 있는 모습이 보인다, 무서운 광경이다! 이제 보니 사실이로구나. 머리칼이 피에 엉킨 밴쿠오가 그들을 가리키며 자기 후손들이라고 웃으며 말하고 있잖은가. (환영들이 사라진다) 뭐야, 이게 사실인가?

마녀 1　그렇다, 사실이다. 그런데 맥베스는 왜 놀라서 장승처럼 서 있나? 자, 다들 이 사람을 위로해주자. 우리들의 흥겨운 놀이를 보여주자. 내 마술로써 하늘에 음악을 들려주마. 그러면 너희들은 춤을 추어라. 괴상한 원무를 추어라. 그러면 이 위대한 임금님은 말할 것이다. 여러분의 대환영에 마음이 흐뭇하다. (음악. 마녀들, 춤을 추다 사라진다)

맥베스　어디로 갔나? 사라졌군. 이 불길한 순간이 달력에서 영원히 저주받는 시간이 돼라! 들어오너라, 밖에 누구 없느냐?

　　　레녹스 등장.

레녹스　폐하, 무슨 일이십니까?

맥베스　마녀들을 보았는가?

레녹스　못 보았습니다. 폐하.

맥베스　그대 옆을 지나가지 않았는가?

레녹스　폐하, 그런 일은 없었습니다.

맥베스　그년들이 타고 가는 바람이여, 썩어 문드러져라. 그년들을 믿는 자들은 모두 지옥에 떨어져라! 말발굽 소리가 들렸는데 누가 왔느냐?

레녹스 폐하, 두세 사람이 소식을 갖고 왔습니다. 맥더프가 영국으로 도망쳤다 합니다.

맥베스 영국으로 도망쳤다고?

레녹스 그렇습니다, 폐하.

맥베스 (방백) 시간이여, 그대가 나의 무서운 계략을 먼저 알아차렸구나. 아무리 약삭빠른 계획이라도 실행이 뒤따르지 않으면 헛일이다. 이 순간부터 마음속에 움트는 생각이 있으면 즉시 내 손바닥으로 휘어잡고 말 테다. 그렇다, 당장 지금부터 내 생각을 반드시 행동으로 장식해갈 것이다. 생각하기 무섭게 실행해야 한다. 맥더프의 성을 기습하자. 파이프를 함락시키자. 그의 처자들과 불행한 혈연들을 모조리 난도질하자. 이건 결코 바보들의 호언장담이 아니다. 계획이 식기 전에 실천하자. 이제 환영은 보기도 싫다! (레녹스에게) 그 사신들은 어디 있느냐? 가자, 그들이 있는 곳으로 안내하라. (퇴장)

제2장 파이프, 맥더프 성의 한 방

맥더프 부인, 맥더프의 아들, 로스 등장

맥더프 부인 제 남편이 어쨌기에 도망을 쳤을까요?

로 스 부인, 진정하십시오.

맥더프 부인 그 양반이야말로 자제심이 없었군요. 도망을 치다니, 미친 짓이에요. 실제로 아무 짓도 하지 않았으면서도 부질없는 공포심 때문에 배반자로 낙인 찍히는 수가 있답니다.

로 스 공포심 때문이었는지 지혜로운 판단의 결과였는지 아직 모르시잖습니까.

맥더프 부인 지혜로운 판단이요? 처자식과 집을 버리고 지위마저 내동댕이쳐버렸는데도요? 자기 혼자 도망가버렸는데도요? 우릴 사랑하지 않았기 때문이죠. 처자식에 대한 보호 본능이 없었기 때문에요. 새 가운데서 가장 작고 보잘것없는 굴뚝새도 둥지 안에 있는 제 새끼를 지키기 위해서 올빼미와 싸우는데 그이는 애정이라고는 티끌만큼도 없이, 공포심에 사로잡혀 있었을 뿐이죠. 지혜 같은 건 어림도 없는 소리예요. 이유도 분명치 않은데 도망부터 쳤으니까요.

로 스 부인, 부탁이니 제발 진정하세요. 주인께서는 고상하시고 현명하시고 사리분별이 정확하시며, 시국의 변동을 잘 통찰하고 계신 분입니다. 더 이상 말씀드리지는 않겠습니다만, 세상이 아주 고약합니다. 자신도 모르는 사이에 반역자의 낙인이 찍힌단 말씀이에요. 뜬소문을 믿게 되는 건 우리 스스로 공포에 질려 있기 때문입니다. 그러면서도 대관절 무엇이 무서운지 모르고 있어요. 다만 사나운 파도 위를 이리저리 떠돌 뿐입니다. 저는 잠시 이곳을 떠나 있겠습니다. 얼마 안 있어 다시 이곳으로 찾아뵙겠습니다. 사태도 최악의 지경에 다다르면, 제자리에 멈추든지 아니면 다시 호전되어 원상으로 돌아가는 법입니다. 귀여운 아가야, 잘 있거라. 안녕히 계십시오!

맥더프 부인   이 앤 아버지가 있으면서도 아비 없는 자식이 되고 말았어요.

로 스   제가 이곳에 더 이상 오래 머무는 건 아주 어리석은 일일 것 같습니다. 저는 추태를 보이게 되고 부인께선 불쾌해지실 테니까요. 곧 출발해야겠습니다. (퇴장)

맥더프 부인   애야, 너의 아버지는 돌아가셨단다. 너는 이제 어떻게 살아갈래? 어떻게 하면 좋으냐?

소 년   새처럼 살죠, 엄마.

맥더프 부인   벌레와 파리를 잡아먹으면서?

소 년   닥치는 대로 먹죠. 새들은 그렇게 살잖아요.

맥더프 부인   불쌍한 새로구나! 그물도 끈끈이도 함정도 새덫도 무섭지 않은 모양이지?

소 년   무섭긴 왜 무서워요, 엄마? 불쌍한 새를 누가 해치겠어요? 엄마가 뭐라고 말씀하시더라도 아버지는 돌아가신 게 아니에요.

맥더프 부인   아니야, 아버지는 돌아가셨어. 넌 아버지도 없이 어떻게 산단 말이니?

소 년   엄마는 아빠 없이 어떻게 사실래요?

맥더프 부인   왜, 남편감은 시장에 가면 스무 명도 살 수 있는걸.

소 년   그렇다면 어머니는 다시 팔기 위해서 사들이는 거군요?

맥더프 부인　머리를 있는 대로 짜내어 말하는구나. 넌, 정말이지 영리하다.

소　년　엄마, 아버지는 반역자예요?

맥더프 부인　응, 그렇단다.

소　년　반역자란 무슨 뜻이죠?

맥더프 부인　맹세를 하고 나서 거짓말하는 사람이지.

소　년　반역자들은 다 그런가요?

맥더프 부인　그런 짓 하는 사람은 모두 반역자란다. 그러니 교수형을 받아야 해.

소　년　맹세하고 나서 거짓말을 하면 모두 교수형을 받아야 하나요?

맥더프 부인　그렇단다, 누구든지.

소　년　누가 목을 매다나요?

맥더프 부인　그거야, 정직한 사람들이겠지.

소　년　그렇다면 맹세를 하고 거짓말을 하는 사람은 바보들이군요. 맹세하고 거짓말하는 사람은 이 세상에 아주 많기 때문에 정직한 사람들쯤은 충분히 때려눕히고 목을 매달 수도 있을 텐데요.

맥더프 부인　원, 이런! 가련한 원숭이로구나! 그러나 아버지도 없는 불쌍한 넌 앞으로 어쩔 셈이냐?

소　년　아버지가 정말 돌아가셨다면 엄마는 우실 것 아니에요? 그런데 울지 않으시는 건 곧 새아버지가 생길 거라는 좋은 징조지요?

맥더프 부인　수다쟁이 같으니. 못 하는 말이 없구나!

사신 등장.

사 신 실례합니다, 부인! 처음 뵙지만, 저는 부인의 신분을 잘 알고 있습니다. 이곳에 위험이 닥쳐오고 있습니다. 보잘것없는 이 사람의 충고를 받아주신다면, 곧 몸을 피하십시오. 자제분을 데리고 말입니다. 이토록 놀라게 해드려서 퍽 무례한 소치인 줄 압니다만, 이보다 더 잔혹한 일이 신변에 닥쳐오고 있음을 아셔야 합니다. 몸조심하십시오. 저는 이 이상 더 지체할 수 없습니다. (퇴장)

맥더프 부인 어디로 피하란 말이냐? 나는 잘못을 저지른 적이 없어. 그러나 내가 살고 있는 이 현실 세계를 잊어서는 안 되겠지. 나쁜 일은 칭찬을 받고, 좋은 일은 위험하고 어리석은 수작으로 판단되는 곳이니. 아아, 그렇다면 나쁜 일을 한 적이 없다고 발버둥 쳐 봤자 무슨 소용이 있겠는가? 저 사람들은 누굴까?

자객들 등장

자 객 남편은 어디 있느냐?

맥더프 부인 너 같은 놈에게 발견될 만한 곳에는 안 계시다.

자 객 그는 반역자다.

소 년 거짓말, 머리 긴 악당 놈아!

자 객 뭐야, 요놈이! (칼로 찌른다) 송사리 반역자 놈 같으니라구!

소 년 엄마, 저놈이 나를 찔렀어요. 도망가세요, 어서 가세요! (죽는다)

맥더프 부인이 "살인자!"라고 외치며 뛰어나가고, 그 뒤를 자객들이 쫓는다.

제3장 영국, 왕궁의 한 방

맬컴과 맥더프 등장.

맬 컴 어디 아무도 없는 곳에 가서 서로 울적한 마음을 달래며 실컷 울어나 보자.

맥더프 그보다도 응징의 칼을 굳게 잡고, 사나이답게 몰락한 조국을 구하기 위하여 궐기합시다. 아침이 밝아올 때마다 새 과부들이 통곡을 하고, 새 고아들이 울부짖고, 새로운 슬픔이 하늘을 치고, 하늘도 무심치 않아 우리 스코틀랜드의 비운에 공명하여 비통한 소리를 울려대고 있습니다.

맬 컴 믿을 수 있는 일이라면 통곡이라도 하겠소이다. 사태를 알 수만 있으면 믿을 수도 있겠죠. 내 힘으로 구할 수 있는 일이라면, 때가 오기만 하면 나서겠소이다. 당신이 얘기하는 내용은 그럴듯하오. 그 폭군의 이름을 입에 담기만 해도 혀가 부르터 오르지만, 한때는 그도 정직한 인간이라고 생각되었다오. 당신도 그를 퍽 좋아했지요. 그는 아직 당신을 건드리지 못하고 있습니다. 나는 아직 나이 어린 풋내기지만, 당신이 나를 잘만 이용하면 그자의 환심을 살 수도 있소. 노발대발한 백베스 같은 신을 달래자면 약하고 불쌍하고 죄 없는 어린 양을 제물로 바치는 것이 현명한 방법일 테니까.

맥더프   저는 배신자가 아닙니다.

맬 컴   그러나 맥베스는 반역하고 말았소. 선량하고 덕 있는 인물도 제왕의 권세 앞에선 절개를 굽힐 수 있는 일이오. 하나 용서해 주시오. 내가 무슨 말을 하더라도 당신은 확고부동하오. 설사 가장 찬란한 천사가 타락해서 지옥으로 떨어진다 할지라도 천사의 빛은 밝게 빛나게 마련이고, 추잡한 자들이 미덕의 가면을 쓸지라도 미덕은 여전히 참된 덕으로 보일 테니까요.

맥더프   저는 조국에 대해서 희망을 잃었습니다.

맬 컴   그 말이 난 의심스럽구려. 어째서 당신은 처자식을 버리고 알몸뚱이 하나만 가지고 이국 땅에 왔단 말이오? 어째서 한마디 작별 인사도 없이, 사랑의 원천이며 강하게 맺어진 처자식을 버리고 왔단 말이오? 그러나 바라건대 이런 질문을 받는다 해서 당신의 명예가 손상되었다고는 생각지 말아주시오. 오로지 나 자신을 보호하기 위함이니까. 내가 어떻게 생각하고 있든 당신이 정의의 용사인 것만은 확실하오.

맥더프   피는 피로써 갚아야 합니다, 불쌍한 조국이여! 무서운 폭군이여, 단단하게 기반을 다지겠으면 다져라. 선의의 국민도 지금 당장은 너를 저지할 수 없다. 공공연하게 악덕을 쌓아두라. 네

권리가 보장되어 있는 것은 확실하다. 이만 물러가지요, 맬컴 전하. 저는 전하가 생각하는 그런 악인이 되고 싶지는 않습니다. 저 폭군이 장악하고 있는 국토에 풍요한 동방의 나라를 덧붙여준다 할지라도 말입니다.

맬 컴 화내지 마시오, 그대를 의심해서 하는 소리가 아니외다. 조국 스코틀랜드가 폭정의 멍에에 짓눌려 눈물을 흘리고 피를 흘리며, 매일 새로운 상처가 묵은 상처 위에 더해져가고 있기 때문이오. 나를 위해 싸우려고 주먹을 불끈 치켜올리는 사람도 있을 것입니다. 그리고 여기서는 인자하신 영국 왕이 용감한 수천 명의 병사들을 지원한답니다. 그러나 그렇다 하더라도, 내가 그 폭군의 머리를 짓밟고 칼끝에 목을 매단다 하더라도, 내 불행한 조국은 그 뒤에 오를 왕위 계승자로 말미암아 전보다 더한 갖가지 고난을 겪게 될 것입니다.

맥더프 그 후계자라니, 누구 말씀입니까?

맬 컴 바로 나 자신입니다. 내 안에는 여러 가지 종류의 악덕이 접목되어 있음을 나는 알고 있소. 그것들이 일단 꽃피는 날에는 시커먼 맥베스도 눈처럼 희게 보일 것이며, 불행한 국민들은 나와 비교하면서 그를 양처럼 생각하게 될 것입니다.

맥더프 무서운 지옥의 악마들이라도, 맥베스를 따를 자는 없을 입니다.

맬 컴 하기야 그놈은 잔인하고 음탕하고 욕심 많고 신용 없으며, 거짓말을 잘 하고 뱃심이 엉큼하고 온갖 죄악이 썩은 냄새를 풍기고 있지요. 그러나 욕정에 관해서 말한다면, 나도 바닥을 짐작할 수 없을 만큼 한이 없소. 유부녀건 처녀건 마나님이건 어떤 여자로도 내 욕정의 독을 채울 수 없으니까요. 넘쳐나는 이 욕정은 그것을 방해하는 어떤 장애물도 짓밟아버릴 만큼 강렬하다오. 그러니 나라를 다스리는 데 있어서는 맥베스가 오히려 나보다 더 적격이지요.

맥더프 지나친 방종은 인간의 본성 안에서 폭군으로 자리 잡지요. 그래서 행복하던 왕위도 뜻밖에 다른 이에게 양도되고 수많은 제왕들은 실각하고 맙니다. 그렇다고 해서 걱정하실 건 없습니다. 자신의 권한을 스스로 찾아 행사하는 데 있어서 말입니다. 쾌락은 몰래 마음껏 맛보면서도, 시치미를 떼고 세상의 눈을 속일 수도 있겠죠. 기꺼이 몸 바칠 여자도 얼마든지 있을 것입니다. 국왕의 눈치를 봐가며 몸을 바치려는 여자가 수없이 많다 하더라도, 그들을 모조리 낚아채는 독수리가 국왕의 몸속에 도사리고 있지 않은 한 그들을 다 편력하기란 어려울 겁니다.

맬 컴 그뿐만이 아니오. 내 비뚤어진 근성 속에는 한없는 탐욕이 자라고 있소. 내가 국왕이 되는 날에는 귀족들의 목을 베어 영토를 몰수하고, 이자의 보석, 저자의 저택을 탐낼 것이오. 그리하여 뺏으면 뺏을수록 탐욕은 기세를 올려, 선량하고 충실한 부하들에게 엉뚱한 싸움을 걸어 그들을 파멸시킨 후, 재산을 몰수하려 할 것이오.

맥더프   탐욕은 여름철의 욕정보다도 더 뿌리가 깊고 해롭습니다. 확실히 탐욕은 여러 제왕을 멸망시킨 칼날이었습니다. 하지만 걱정하지 마십시오. 스코틀랜드에는 전하를 충분히 만족시킬 만큼의 자원이 있습니다. 다른 미덕으로 보상될 때, 그런 것은 아무런 걱정도 되지 않을 겁니다.

맬 컴   미덕이라고는 하나도 없소. 제왕이 갖추어야 할 여러 가지 미덕, 예컨대 공정 · 진실 · 절제 · 지조 · 관용 · 인내 · 자비 · 겸양 · 경건 · 억제 · 용기 · 불요불굴 등을 나는 갖추고 있지 않소. 반대로 죄악이란 죄악은 모조리 갖추고 있어서 여러 면으로 몹쓸 짓을 범하고 있을 뿐이오. 만약에 내가 왕권을 장악하게 되면 달콤한 젖 같은 이 세상의 질서를 지옥 속에 다 부어버리고 이 세상의 평화를 교란시킬 것이며, 지상의 조화를 깨뜨려버릴 것이오.

맥더프   아, 스코틀랜드! 스코틀랜드!

맬 컴   만일에 나 같은 인간도 나라를 다스릴 수 있다면, 그렇다고 말해보시오. 나는 방금 털어놓은 그런 인간으로 끝났습니다.

맥더프   나라를 다스린다구요? 맙소사, 생존할 자격도 없습니다. 아, 불쌍한 백성들이여! 피로 물든 홀을 쥔 찬탈자의 지배에서 벗어나 언제 다시 평화로운 날을 맞이할 수 있으랴? 왕위의 정통을 이어야 할 왕자는 스스로 권리를 포기하며, 온몸에 저주를 퍼붓고 자신의 혈통을 비방하고 있지 않은가! 왕자님의 부친이신 선왕께서는 비할 수 없이 거룩한 임금이셨습니다. 왕자님을 낳으신 왕후께서는 서 계신 시간보다도 무릎을 꿇고 기도하는 시간이 더 많을 정도로 고행의 나날을 보내셨습니다. 안녕히 가십시오. 전하께서 몸소 거듭 말씀하신 갖가지 악덕 때문에 스코틀랜드와 저와의 인연이 끊겼습니다. 아, 이 가슴이여, 마지막 희망도 사라졌구나!

맬 컴 맥더프 경, 성실한 마음에서 우러나온 그 고결하고도 열의에 찬 한 마디 한 마디가 이 가슴으로부터 검은 의혹을 씻어주었습니다. 나는 진실과 명예를 존중하는 경을 이해하게 되었습니다. 악마 같은 맥베스가 여러 가지 흉계를 꾸며 나를 그의 손아귀에 넣으려 하므로 내 입장에서도 신중을 기하여 쉽사리 사람을 믿지 않으려 했습니다. 그러나 하늘에 계신 하느님께서 맥더프 경과 나의 마음을 통하게 해주었습니다! 앞으로는 경의 지시에 따르겠습니다. 조금 전 내가 입 밖에 쏟아냈던 자신에 대한 비난은 취소하겠습니다. 나 자신에게 퍼부었던 모욕과 비난은 나의 본성과는 무관합니다. 나는 아직 여자도 알지 못하거니와 거짓 맹세를 한 적도 없으며, 나 자신의 소유물에 대해서도 물욕을 느낀 적이 없습니다. 악마라 할지라도 배반하고 싶지 않으며, 진실을 목숨처럼 아끼고 있습니다. 생전 처음 한 거짓말이 바로 오늘 나 자신에게 한 악담이었습니다. 내 실토하리다. 경과 불행한 조국을 위하여 이 몸을 바치겠소. 바로 그 조국을 향하여, 경이 이곳에 도착하기 직전 노(老) 시워드가 1만 명의 정예부대를 이끌고 위풍 당당히 출전했소이다. 곧 우리도 뒤쫓아갑시다. 우리의 대의명분에 조금도 손색이 없는 승리를 거두러 갑시다! 왜 침묵을 지키고 있는 거요?

맥더프 이처럼 반가운 일과 반갑지 못한 일이 동시에 닥치니 어안이 벙벙합니다.

시의(侍醫) 등장.

맬 컴 그럼, 나중에 또. (시의에게) 왕께서 행차하시오?

시 의 그렇습니다. 불쌍한 백성들이 국왕의 치료만을 기다리고 있습니다. 그들의 병은 워낙 난치의 병들이라 의술로도 효험이 없지만, 폐하께서 한번 손만 대시면 ─ 하느님의 거룩한 힘이 전달된 손이기에 ─ 금세 나아버리지요.

맬 컴 고맙습니다, 시의님 (시의 퇴장)

맥더프 무슨 병입니까?

맬 컴 소위 연주창이라는 겁니다. 영국의 인자하신 국왕이 행하시는 놀라운 기적으로서, 이곳에 체재한 이래, 나는 여러 번 그 현장을 목격했습니다. 어떻게 해서 그런 효험을 거둘 수 있게 되었는지 그 비밀은 국왕만이 알고 있지요. 여하튼 이상한 병에 걸려 눈 뜨고 볼 수 없을 만큼 곪아서 부은 상처에 대해 의사들도 체념한 것을, 국왕께서 환자의 목에 금화 한닢을 걸고 거룩한 기도를 올려주심으로써 완치시킬 수 있다는 겁니다. 듣건대, 왕가의 후손들에게도 이 축복받은 치료법을 전수하셨다 합니다. 이 기막힌 능력 이외에도 국왕께서는 예언의 재능을 하늘로부터 물려받고 있답니다. 여러 가지 은혜가 옥좌를 감싸고 있으니 이는 폐하께서 신의 축복을 받고 계신 증거이기도 하지요.

　　로스 등장.

맥더프　누가 오고 있습니다.

맬 컴　옷을 보니 동포인 듯한데, 누굴까요?

맥더프　아, 로스로군. 잘 왔소.

맬 컴　아, 이제야 알겠군. 하느님, 우리 동포들 사이를 가로막고 있는 장벽을 하루속히 제거해주소서!

로 스　아멘.

맥더프　스코틀랜드 사정은 어떻소?

로 스　아아, 비참한 조국이여! 그 상황을 알리기조차 두렵구나! 조국이라기보다 차라리 무덤이라고 부르는 것이 낫겠습니다. 천치 아니고는 웃는 사람을 만날 수가 없습니다. 한숨 소리, 신음 소리, 아우성 소리가 하늘을 찢고 있습니다. 그러나 아무도 이 일에 대해서 관심을 갖는 사람이 없어요. 격렬한 비탄도 흔한 감정 정도로 보아 넘기거든요. 장례식의 종소리가 울려도 누가 죽었는지 물어보는 사람조차 없습니다. 선량한 사람들의 목숨은 모자에 꽂은 꽃보다도 더 쉽사리 시들고 병도 안 걸렸는데 사람들은 자꾸만 죽어갑니다.

맥더프　오, 동포여! 너무도 상세한, 그러나 너무도 진실한 얘기로다!

맬 컴 최근에 일어난 비통한 사건은 무엇인가요?

로 스 한 시간 전의 사건에 대해 얘기하고 있으면, 그건 이미 옛날 얘기가 되어 웃음거리가 됩니다. 일 분마다 새로운 기막힌 사건이 일어나니까요.

맥더프 내 아내는 어떻게 지내고 있소?

로 스 무사합니다.

맥더프 애들은?

로 스 역시 무사합니다.

맥더프 폭군도 그들의 평화는 깨뜨리지 못했군요.

로 스 그런 것 같습니다. 작별 인사를 하러 갔을 땐 무사했었습니다.

맥더프 서슴지 말고 시원스레 말해보오. 어떻게 되어가오?

로 스 이곳으로 슬픈 소식을 갖고 오는 도중에 들은 소문인데, 수많은 사람들이 궐기했다고 합니다. 제가 보는 한도 내에서는 신빙성이 있는 얘기였습니다. 폭군의 군사들이 이동하고 있는 것을 목격했거든요. 지금이야말로 원군을 보낼 때입니다. 전하께서 스코틀랜드에 모습만 나타내시면 군사들이 구름처럼 모여들 것입니다. 여자들도 일선에 나서서 싸울 것입니다. 그들도 미칠 듯한 고통을 겪고 있거든요.

맬 컴 이젠 동포들이 안심해도 좋을 거요. 우리도 출동이오. 자애로 우신 영국 왕이, 용맹무쌍한 시워드 장군이 인솔하는 1만 명의 군대를 우리에게 허락했습니다. 그분은 모든 기독교 국가를 뒤져봐도 다시 없을 역전의 명장이오.

로 스   아아, 이 기쁜 소식에 저도 똑같은 기쁨으로 화답할 수 있었으면 얼마나 좋겠습니까! 제가 전해드릴 소식은 듣는 사람 하나 없는 황야에서 하늘을 향해 떠들어댈 만한 것입니다.

맥더프   무엇에 관한 소식이오? 많은 사람에 관한 것인가요? 아니면 어느 한 개인에 관한 슬픈 소식인가요?

로 스   마음이 고운 사람이라면 함께 슬퍼하지 않을 수 없을 겁니다. 그러나 주로 맥더프 경 개인에 관한 일입니다.

맥더프   만약 내 얘기라면, 숨기지 말고 즉시 말해주시오.

로 스   들으신 귀가 저의 혀를 나무라지 못하게 해주십시오. 그 귀가 지금까지 들어보지 못한 가장 비통한 소식을 전해 들어야 할 테니까요.

맥더프   으흠! 짐작이 가오.

로 스   성이 기습을 당했습니다. 부인도 아이들도 모두 참살당했습니다. 그 소식을 더 자세히 말씀드린다면, 쓰러진 가족들 시체 위에 경의 시체까지 쌓는 격이 될 것입니다.

맬 컴   아아, 자비로운 하느님! 여보게, 모자로 얼굴만 가리지 말고 눈물로 슬픔을 토하시오. 슬픔을 밖으로 토해내지 않으면 벅찬 가슴만 미어져, 결국 가슴이 터져버리게 된다오.

맥더프   애들까지도?

로 스   부인, 아이들, 하인 할 것 없이 발견된 자는 모조리 당하였소.

맥더프   그런데 나만 홀로 멀리 떨어져 있었구나! 아내도 살해당했다고?

로 스 이미 말씀드린 대로입니다.

맬 컴 용기를 잃어서는 안 되오. 마음껏 복수를 해서, 그것을 약으로 삼아 이 아픔을 치유해야 하오.

맥더프 맥베스에게는 자식이 없소. 아아, 내 귀여운 아이들을 모조리, 모조리 죽였다고? 아, 지옥의 독수리 같은 놈! 모조리 죽였다구? 정말로 내 사랑스러운 병아리들을 모조리? 어미까지 합쳐서 일시에 다 채갔단 말이오?

맬 컴 대장부답게 참으시오.

맥더프 네, 참겠습니다. 그러나 아무리 사나이라 해도 이런 일은 슬퍼하지 않을 수 없군요. 제겐 그토록 귀중한 가족들이었음을 기억하지 않을 수 없습니다. 하느님은 구경만 하고 계셨을까? 그들의 편에 있지 않으셨던가? 죄 많은 맥더프여! 너 때문에 모두들 참살되었다. 내가 나쁜 놈이다. 그들의 과실이 아니었다. 잘못은 나에게 있다. 그래서 그들은 몰살당한 것이다. 이젠 고요히 잠들라!

맬 컴 그 슬픔을 칼 가는 숫돌로 삼고, 뼈 아픈 마음을 분노로 바꾸시오. 마음을 무디게 하지 말고 분발하시오.

맥더프 아! 여자들처럼 눈이 붓도록 울고, 허풍선이처럼 떠벌릴 수 있다면 얼마나 좋을까! 그러나 인자하신 하늘이여, 모든 중단과 휴식을 제거하여 스코틀랜드의 악마와 저를 즉시 대면시켜주십시오. 이 칼이 닿는 곳에 그놈을 끌어내 주십시오. 그래도 그 악당이 도망친다면, 하늘이여, 그를 용서하소서!

맬 컴 대장부다운 말씀이오. 자, 영국 왕께로 갑시다. 군대는 대기 중이니 작별 인사만 남았소. 맥베스는 흔들기만 하면 떨어질 무르익은 과실입니다. 하늘도 우리 편이 되어 돕고 있으니 기운을 냅시다. 아무리 긴 밤이라도 날은 밝아오는 법이니. (일동 퇴장)

제5막

제1장 던시네인, 맥베스의 성

시의와 시녀 등장.

시 의 이틀 밤을 꼬박 지켜보았지만, 당신이 말한 사실을 확인할 수 없었소. 왕비께서 그렇게 걸어 다니신 것이 언제부터였죠?

시 녀 국왕 폐하께서 출전하신 이후부터 목격했습니다. 밤만 되면 침대에서 일어나 앉으셔서 자리옷을 걸치시고는, 벽장 문을 열고 종이를 꺼내어 접으셔서 거기에다 몇 자 뭐라고 적으십니다. 그것을 읽어보신 다음 봉인을 하고는 다시 침대로 돌아오시죠. 그런데 이런 행동을 하시는 동안에도 내내 깊은 잠에 빠져 있는 상태였습니다.

시 의　심한 정신착란인가 보오. 수면의 은혜를 받는 동시에 각성 상태에서의 활동을 하시다니! 몽유 상태로 걸어 다니면서 여러 가지 일을 하실 때 뭐라고 말씀하시는 소리는 못 들었소?

시 녀　그것만은 전해드릴 수 없습니다.

시 의　내겐 말해도 상관없소. 이야기해도 되오.

시 녀　안 됩니다. 누구에게도 말씀드릴 수 없습니다. 제 말을 보증할 만한 증인이 없는걸요.

　　　맥베스 부인, 가는 촛불을 들고 등장.

　　　저것 보세요, 오십니다! 늘 하시는 대로죠. 정말이지 깊은 잠에 빠져 계시다니까요. 잘 보세요, 숨어서,

시 의　저 촛불은 어떻게 손에 넣으셨을까?

시 녀　웬걸요, 바로 머리맡에 놔두시는걸요. 곁에 늘 촛불을 켜두도록 분부하셨습니다.

시 의　봐요, 눈을 뜨고 계시는군.

시 녀　그러나 아무것도 볼 수는 없으세요.

시 의　지금 뭘 하고 계시는 걸까? 저 보오, 손을 마냥 닦고 계시는데.

시 녀　늘 저러십니다. 저렇게 손을 씻으시는데, 십오 분 동안이나 계속 저러실 때도 있어요.

맥베스 부인　아직도 여기 흔적이 있네.

시 의　들어봐, 말을 하시잖아! 하시는 말씀을 적어두어야겠소. 확실

히 기억해두기 위해서.

맥베스 부인 사라져버려라, 저주받은 얼룩이여! 사라져버려, 제발! 한 시, 두 시, 아아, 이제 그 일을 단행할 시간이다. 지옥은 컴컴도 하구나. 에잇 여보, 무슨 짓이에요! 장군이 겁을 내다니? 누가 안다고 겁을 내세요? 우리의 권력을 비난하는 자가 있을 턱이 없잖아요. 하지만 그 노인의 몸 속에 그렇게 많은 피가 괴어 있을 줄이야 누가 생각이나 했을까.

시 의 저 소리 들었소?

맥베스 부인 파이프 영주 맥더프에게는 아내가 있었지. 지금은 어디로 갔을까? 아, 이 양손이 깨끗해질 수 있을까? 그만두세요, 당신. 이젠 그만두세요! 그렇게 부들부들 떨고 있으니, 모든 일을 다 망쳐버리겠어요.

시 의 저런, 저런! 알아서는 안 될 것을 알아버렸군.

시 녀 해서는 안 될 말을 부인께서 하셨죠. 확실히 그런 것 같아요. 부 인께서 무엇을 또 알고 계신지 아무도 모르죠.

맥베스 부인 여기 아직도 피비린내가 난다. 아라비아의 향수로도 이 작 은 손을 향기롭게 할 수는 없을 것이다. 아아! 아아! 아아!

시 의 아, 저 한숨 소리! 마음이 몹시 괴로우신 모양이로군.

시 녀 이 몸이 여왕의 권위로 빛난다 하더라도 가슴속에 저런 탄식을 간직하고 싶지는 않아요.

시 의 그럼, 그럼. 그렇겠지.

시 녀 제발 좀 보살펴드리세요, 빨리 나으시게.

시 의 저 병은 내 능력으로는 고칠 수 없소. 하긴 몽유병 환자 가운데
는 편안히 잠자리에서 운명한 사람도 있긴 하지만.

맥베스 부인 당신, 어서 손을 씻고 잠옷을 걸치세요. 그렇게 창백한 얼
굴로 나를 쳐다보지 마시구요 ─ 되풀이해서 말하지만, 뱅쿠오
는 땅속에 묻혔어요. 무덤 속에서 다시는 나오지 못할 것입니
다.

시 의 음, 그분까지?

맥베스 부인 침실로, 침실로! 누가 문을 두드리고 있어요. 자, 갑시다,
갑시다, 갑시다. 어서 손을 이리 주세요. 엎지른 물은 다시 퍼
담을 수 없어요. 침실로, 침실로, 침실로! (퇴장)

시 의 이제 침실로 가 주무시나요?

시 녀 곧장 주무시지요.

시 의 더러운 소문이 나돌고 있소. 도리에 어긋난 행위는 엄청난 고
통을 수반하는 법이지요. 마음이 병들면 귀머거리 베개를 보고
도 비밀을 털어놓고 싶어 하죠. 저분에게 필요한 사람은 의사
가 아니라 신부올시다. 신이여, 우리들의 무력함을 용서해주소
서. 잘 돌봐드리시오. 상처를 입힐 만한 물건은 다 치워버리시
오. 항상 지켜보아야 해요. 안녕히 주무시오. 왕비를 보노라니
마음이 혼란되고 눈앞이 캄캄해지는구려. 생각할 순 있어도 입
밖에 낼 수는 없구나.

시 녀 안녕히 주무십시오. (두 사람 퇴장)

제2장 던시네인 부근의 촌락

북과 군기를 앞세우고 멘티스, 케이스네스, 앵거스, 레녹스, 병사들 등장.

멘티스   영국군이 근처에까지 다가오고 있소. 지휘관은 맬컴 왕자와 숙부 시워드 그리고 용감한 맥더프. 이들의 가슴에는 복수심이 불타고 있소. 사실, 뼛속까지 맺힌 그들의 원한을 안다면 땅속에 묻힌 시체라도 분에 못 이겨 그들과 합세할 것입니다.

앵거스   버남 숲 근처에서 우리들은 그들과 합세할 수 있을 것입니다. 그길로 오니까요.

케이스네스   도널베인 왕자님도 그의 형과 함께 있을까요?

레녹스   함께 있지 않아요. 합세한 귀족들의 명부를 내가 갖고 있소. 이 가운데에는 시워드의 아들을 비롯해서 아직 수염도 나지 않은 수많은 젊은이들이 있소. 그러나 왕자님은 없소.

멘티스   맥베스 쪽은 뭘 하고 있을까?

케이스네스   그는 거대한 던시네인성을 강화하고 있소. 맥베스가 미쳤다고 판단하는 사람도 있어요. 그에 대한 증오심이 희박한 사람들은 그가 미친 듯이 용기를 내고 있다지만, 광란 상태를 질서의 혁대로 죄어두지 못하고 있는 것만은 확실하오.

앵거스   그렇다면 비밀리에 저지른 숱한 살인의 핏자국이 두 손에 달라붙어 있는 것을 느낀 모양이군요. 시시각각으로 일어나고 있는 반란은 놈의 배신을 비난하고 있소. 명령이 하달되면, 명령이기에 움직일 뿐 충성심은 티끌만큼도 없습니다. 난쟁이 좀도둑이 거인의 의상을 훔쳐 입은 꼴이 됐죠. 왕의 칭호가 제 몸에 맞지 않는다는 것을 이제야 그는 느끼고 있는 겁니다.

멘티스 하기야 그의 오장육부와 정신이 자기 자신을 저주하고 있는 판에, 상처투성이가 된 괴로움이 겁에 질려 발작을 일으키는 것도 무리는 아니지.

케이스네스 자, 출발이오. 우리들의 충성을 진정한 군주 맬컴에게 바치기 위해 전진하는 것이오. 병든 조국에 그 명의(名醫)를 맞아들입시다. 그리하여 그와 함께 조국을 정화하기 위하여 마지막 피 한 방울까지 바칩시다.

레녹스 물론 있는 힘을 다합시다. 우리의 피로 군주의 꽃을 이슬로 적시고 독초를 뽑아버립시다. 버남으로 돌진하자! (일동 진격하면서 퇴장)

제3장 던시네인, 성 안의 한 방

맥베스, 시의, 시종들 등장.

맥베스 보고 따위는 더 이상 필요 없다. 도망갈 놈은 모조리 가도록 내버려두라. 버남 숲이 이 던시네인으로 옮겨오기 전까지는 나도 겁날 것이 없다. 못난 자식, 맬컴! 그놈도 여자의 뱃속에서 태어났지? 이 세상 종말까지 훤히 내다보는 마녀들이 내게 말했다. '맥베스, 두려워 마라. 여자로부터 태어난 자가 그대를 멸망시키지는 못할 것이다' 라고. 그러니 도망가겠으면 가라, 배신자 영주 놈들아. 영국인 놈팡이들과 한패가 되겠으면 돼라. 내 속에 버티고 있는 이 정신, 내가 움켜쥐고 있는 이 용기가 불안과 공포로 흔들릴 줄 아느냐!

　시종 등장.

악마한테 끌려가 시키면 저주라도 받아라, 희멀건 낯짝을 한 건달아! 넌 어디서 그런 거위 같은 쌍판을 얻었느냐?

시　종　저쪽에 일만의…….

맥베스　거위라도 쳐들어왔느냐, 이놈아?

시　종　병사들입니다.

맥베스　낯가죽을 벗겨서라도 너의 그 겁에 질린 얼굴에 피가 돌게 해라, 이 겁쟁이 바보 녀석아. 병사는 무슨 얼어죽을 병사냐? 뒈져버려라, 이놈! 네놈의 창백한 낯짝을 보면 멀쩡한 사람까지 겁쟁이가 되겠다. 어느 나라 병사들이냐, 겁먹은 상판아?

시　종　영국 군대올시다, 폐하.

맥베스　네놈은 꼴도 보기 싫다. 썩 물러가라. (시종 퇴장) 시튼! (생각에 잠겨서) 속이 울렁거린다, 네놈의 낯짝을 보면 — 시튼, 거기 없느냐? 이번 싸움으로 내가 영원히 영광을 누리느냐 아니면 일시에 몰락하느냐, 둘 중의 하나다. 나도 살 만큼 오래 살았다. 내 생애도 누렇게 메마르는 황혼기에 접어들었다. 노년에 어울리는 명예나 애정, 복종, 친구들은 나와 인연이 먼 듯하다. 그와는 반대로, 소리는 낮지만 뿌리 깊은 저주와 아첨 그리고 공치사 따위가 붙어 다녀 내가 물리치려 해도 마음이 약해 물리칠 수가 없구나. 시튼!

　시튼 등장.

시　튼　무슨 일이시옵니까?

맥베스　새로운 소식이 또 없느냐?

시　튼　지금까지의 보고가 모두 사실임이 증명되었습니다.

맥베스　나는 싸우겠다. 이 살점이 뼛골에서 깎여나갈 때까지 싸우겠다. 갑옷을 다오.

시　튼　아직 그러실 필요까지는 없습니다.

맥베스　입어두겠다. 기병들을 내보내라. 전국을 순찰시켜라. 공포에 들뜬 놈들을 모조리 잡아 목을 매달아라. 갑옷을 다오. (시튼, 갑옷을 가지러 나간다)…… 시의, 환자는 어떻소?

시　의　비관할 정도는 아닙니다, 폐하. 다만 계속 밀려오는 망상 때문에 괴로움을 겪으셔서 잠을 이루지 못하십니다.

맥베스　그 병을 고쳐주게. 마음의 병은 손을 쓸 수 없는가? 기억을 더듬어 뿌리 깊은 슬픔을 도려내주게. 뇌리 속에 새겨진 고뇌를 지워버리게. 감미로운 망각의 약제로, 왕비의 마음을 짓누르고 있는 답답한 위험물을 가슴에서 시원히 없애주게.

시 의 그것은 환자 자신이 손을 쓰시는 수밖에 없습니다.

　　　시튼이 갑옷을 들고 등장. 시종이 맥베스에게 갑옷을 입힌다.

맥베스 의술 따위는 강아지에게나 던져줘라. 나에게는 필요 없다. 자, 갑옷을 입혀라. 지휘봉을 다오. 시튼, 기병대를 더 보내라. 시 의, 영주들이 모두 도망치고 있소. (시종에게) 빨리 입혀라. 시의, 그대 힘으로 이 나라의 병증을 진찰하고 병명을 끄집어내어 독을 씻어낸 후 건강한 나라로 만들 수 없소? 그렇게만 할 수 있다면 그대를 크게 칭찬해줄 텐데. 찬양의 소리가 메아리쳐서 울리고 그 메아리가 다시 이쪽으로 울려올 정도로 큰 소리로 선생을 칭찬해줄 텐데. (시종에게) 갑옷을 벗겨라. 대황(大黃)이나 완하제(緩下劑), 또는 다른 설사약이라도 써서 영국놈들을 이 땅에서 모조리 쓸어낼 수 없나? 그놈들에 관한 소문은 들었겠지?

시 의 듣고 있습니다, 폐하. 폐하께서 전쟁 준비 하시는 것을 보고 소문을 듣게 되었습니다.

맥베스 (시종에게) 갑옷을 들고 따라오너라! 그것이 죽음이든 파멸이든, 버남 숲이 던시네인으로 옮겨오지 않는 한 난 두려워하지 않는다. (퇴장. 시튼과 시종도 그의 뒤를 따른다)

시 의 (방백) 던시네인을 빠져나가자. 무슨 일이 있더라도 다시는 돌아오지 말자.

제4장 던시네인 근처의 촌락, 버남 숲

북과 군기를 앞세우고 맬컴, 시워드와 그의 아들, 맥더프, 멘티스, 케이스네스, 앵거스, 레녹스, 로스 그리고 병사들, 진군하면서 등장.

맬 컴 여러분, 집에서 편히 쉴 날도 얼마 남지 않았소.

멘티스 아무도 그걸 의심치 않습니다.

시워드 저기 보이는 저 숲은 이름이 무엇이오?

멘티스 버남 숲입니다.

맬 컴 병사 한 사람 한 사람에게 가지를 꺾어 앞을 가리라고 일러라. 그러면 우리 군사의 수도 은폐할 수 있고 적의 감시도 피할 수 있을 테니.

병사들 분부대로 하겠습니다.

시워드 폭군 녀석, 자신만만하게 숨을 죽이고 던시네인의 성 안에 앉아 우리 측의 공격만을 기다리고 있소이다.

맬 컴 그러는 수밖에 없지요. 지위의 고하를 막론하고 부하들은 기회만 있으면 도망갈 궁리만 하고 있으니까요. 지금 그에게 봉사하고 있는 자들은 여러 가지 이유로 마지못해 묶여 있는 자들뿐입니다. 하지만 그들의 마음은 딴 데 가 있지요.

맥더프 우리의 추측이 적중하느냐의 여부는 결과를 봐야만 알 수 있습니다. 우리는 다만 군인으로서의 직분을 다합시다.

시워드 우리의 이득과 손실이 무엇인지 판가름 날 때가 왔소. 불확실한 생각은 부질없는 희망만 갖게 합니다. 확실한 결과는 오로지 공격만이 결정해줄 것입니다. 그러기 위해서는 오로지 진격뿐이오. (행진하면서 퇴장)

제5장 던시네인 성 안

북과 군기를 앞세우고 맥베스, 시튼, 병사들 등장.

맥베스 바깥 성벽에 군기를 달아라. 여전히 '적이 온다!' 는 함성이 들려오고 있구나. 이 견고한 성은 우리를 포위할 적병들을 비웃을 만하다. 네놈들은 그냥 여기에 내버려두겠다. 네놈들, 너희들이 굶어 죽을 때까지. 너희들이 병들어 죽을 때까지. 우리 편 군사들이 그놈들과 합세하지만 않았어도 진격하여 수염을 맞대고 쳐부수어 놈들을 영국 땅으로 내쫓아버릴 수 있었을 텐데. (안에서 여자들의 비명소리) 저 요란한 소리는 무엇이냐?

시 튼 여자들이 우는 소립니다. (퇴장)

맥베스 (독백) 나는 공포의 맛을 잊었다. 한밤중에 비명소리를 듣고 온몸이 오싹하던 때도 있었거늘. 무서운 얘기를 들으면 머리칼이 살아 있는 양 곤두선 적도 있었거늘. 나는 공포를 실컷 맛보았다. 그러나 이제 살인에 길들여진 내 마음은 공포 따위에는 끄떡도 않는다.

시 튼 폐하, 왕비님께서 운명하셨습니다.

맥베스 왕비도 언젠가는 죽어야 할 몸, 어느 때고 그런 소식이 올 줄 알고 있었다. 내일, 내일, 내일이 종종걸음으로 하루, 하루, 하루 속으로 스며들어 시간이라는 마지막 문자의 음절 속으로 꺼져 가는구나. 과거의 세월은 등불이 되어 티끌로 돌아가는 죽음의 길을 바보들을 위해 밝히고 있다. 꺼져라, 꺼져라, 잠시 동안의 촛불이여! 인생은 다만 걸어가는 그림자일 뿐. 제 시간이 오면 무대 위에서 활개 치며 안달하나, 얼마 안 가 영영 잊혀버리는 가련한 배우, 백치들이 지껄이는 무의미한 광란의 얘기다.

　사신 등장.

무슨 혓바닥을 놀리려고 왔느냐, 할 말이 있으면 하라!

사 신 폐하, 제 눈으로 본 것을 말씀드리겠습니다. 어떻게 말을 꺼내야 할지 모르겠습니다만.

맥베스 어서 말하라!

사 신 제가 언덕 위에서 정찰하던 중 우연히 버남 쪽을 바라보는데 갑자기 숲이 움직이는 것 같았습니다.

맥베스 거짓말이다, 이 노예 녀석!

사 신 사실이 아니라면 폐하의 어떤 노여움도 감수하겠습니다. 3마일 이내의 지점에서 숲이 움직이고 있음을 볼 수 있습니다. 제 말은, 숲이 이쪽으로 오고 있다는 겁니다.

맥베스 거짓말을 했다는 것이 발각되면 네놈을 근처 나무에다 산 채로 매달아 굶겨 죽이겠다. 만일 네놈의 얘기가 사실이면 나를 매달아도 좋다. 내 결심이 흔들리는구나. 마녀들이 그럴 듯하게 얘기를 꾸며 진짜처럼 들리게 했는지도 모르지. 거짓말을 했을지도 몰라. '두려워 마라. 버남 숲이 던시네인 성을 향해 움직이기 전에는.' 그런데 지금 숲이 던시네인으로 향하고 있지 않은가! 칼을 뽑아라, 칼을 뽑아라, 쳐나가자! 네놈의 말이 사실이라면 도망갈 수도 없다. 그대로 있을 수도 없다. 태양을 쳐다보는 일도 이젠 지겨워졌구나. 확고부동한 이 세상의 질서여, 무너져라. 종을 울려라! 바람아, 불어라! 파멸이여, 오라! 갑옷을 걸치고 죽자. (일동 급히 퇴장)

제6장 던시네인, 성 앞 전장

북과 군기를 앞세우고 맬컴, 시워드, 맥더프 그리고 군사들, 손에 나뭇가지를 들고 등장.

맬 컴 이젠 가까워졌다. 앞을 가리던 나뭇가지를 버리고 모습을 드러내라. 숙부님은 제 사촌인 아드님과 함께 제일진을 지휘해주십시오. 맥더프와 저는 나머지 일을 맡아서 작전대로 수행하겠습니다.

시워드 잘 가시오. 오늘 밤 폭군의 군사를 만나게 되면 목숨을 다해 싸읍시다.

맥더프 진군의 나팔을 울려라, 숨이 끊어질 때까지. 전투와 죽음의 선

구자여. (나팔 소리와 함께 진군하면서 퇴장)

제7장 전장의 다른 장소

맥베스 등장.

맥베스 놈들이 나를 말뚝에 묶어놓은 셈이구나. 도망갈 수는 없다. 곰

처럼 미친 듯이 싸울 수밖에 없다. 여자로부터 태어나지 않은

자가 누구냐? 내가 두려워하는 자는 바로 그놈뿐이다. 그렇지

않은 놈들은 염려할 것 없다.

시워드의 아들, 젊은 시워드 등장.

젊은 시워드 누구냐? 이름을 대라.

맥베스 내 이름을 들으면 깜짝 놀랄걸.

젊은 시워드 아니다, 지옥의 불꽃 속에 살고 있는 악마보다 더 무서운

이름을 대도 나는 까딱없다.

맥베스 내 이름은 맥베스다.

젊은 시워드 그 어느 악마보다도 가증스러운 이름이구나.

맥베스 그렇다, 이보다 더 무서운 이름은 없을 것이다.

젊은 시워드　이 거짓말쟁이, 더러운 폭군! 이 칼로 네놈의 거짓말을 폭로하고야 말 테다. (둘이 싸운다. 젊은 시워드, 살해된다)

맥베스　네놈도 여자 뱃속에서 태어난 놈이로군. 어떤 칼, 어떤 무기를 휘두른다 해도 여자로부터 태어난 놈이라면 나는 두려워하지 않는다. 그런 놈은 실컷 비웃어주겠다. (퇴장)

　격렬히 싸우는 소리. 맥더프 등장.

맥더프　저쪽에서 소리가 났는데. 폭군아, 얼굴을 내밀어라! 네놈이 죽더라도 내 칼침을 맞고 죽어야 내 처자의 망령에게 시달리지 않을 것이다. 고용되어 마지못해 창을 들고 나선 민병을 베어서 무엇하랴. 맥베스여, 네놈과 상대해서 싸우지 않을 바에는 칼날을 쓰지 않고 고스란히 칼집에 넣어두겠다. 저기 있는 모양이군. 저 요란한 소리는 큼직한 놈이 있다는 증거다. 운명의 신이여, 그놈을 만나게 해주시오! 이 이상 더 부탁하지 않겠나이다. (퇴장. 나팔 소리)

　맬컴과 시워드 등장.

시워드　이쪽입니다, 전하. 성은 쉽게 함락되었습니다. 폭군의 부하들은 두 패로 나뉘어 싸우고 있습니다. 영주들도 용감히 싸웠습니다. 승리는 이미 왕자님의 것입니다. 이젠 더 할 일이 없는 듯싶습니다.

맬컴　적을 만났는데 우리 편이 되어 싸웁디다.

시워드　자, 성 안으로 들어갑시다. (일동 성 안으로 들어간다. 나팔 소리)

제8장 전장의 다른 장소

　맥베스 등장.

맥베스　누가 로마의 어리석은 놈의 흉내를 내어 스스로 목숨을 끊겠는가. 나는 살아 있는 동안 닥치는 대로 눈앞에 있는 놈을 죽이겠다.

　맥더프가 그의 뒤를 쫓아 등장.

맥더프　기다려라, 지옥의 늑대 놈아, 돌아서라!

맥베스　네놈만은 일부러 피해왔었다. 돌아가거라! 내 심장은 네놈의 가족들을 빨아먹은 피로 가득 넘쳐 있다.

맥더프　나는 말대꾸는 하지 않겠다. 하고 싶은 말은 이 칼 속에 모두 들어 있다. 어떤 말로도 표현할 수 없는 이 극악무도한 놈아! (둘이 싸운다. 나팔 소리)

맥베스　헛수고 마라. 그 칼이 아무리 날카로워도, 반응 없는 공기에 상처를 입히지 못하듯이 내 피를 흘리게 할 수는 없을 것이다. 그 칼로 벨 수 있는 머리나 베어라. 내 몸에는 마력이 있다. 여자로부터 태어난 자에게는 절대로 굴복하지 않는다.

맥더프 그런 마력은 단념하라. 네놈이 극진히 모신 그 마녀한테 물어 봐라. 이 맥더프는 어머님의 배를 가르고 달도 차기 전에 태어 난 몸이니.

맥베스 그런 말을 지껄이고 있는 네 혀는 저주를 받을지어다. 그 말이 사나이의 용기를 꺾어버리는구나! 더 이상 속임수나 부리는 마 귀 같은 놈들은 믿을 수 없다. 애매모호한 말장난으로 약속을 지키는 듯하더니 결국은 깨뜨리고 마는구나. 이젠 희망도 산산 조각이 났다. 나는 너와 싸우지 않겠다.

맥더프 비겁한 놈, 항복하라. 목숨을 지탱하면서 세상의 웃음거리가 되어라. 네놈의 화상을 막대기에 매달아 진기한 괴물이라도 보 여주듯 그 아래에다 '폭군을 보라' 고 써두겠다.

맥베스 항복은 싫다. 풋내기 맬컴의 발 앞에 엎드려 땅을 핥고, 덫에 걸 린 곰처럼 어중이 떠중이들의 저주를 한꺼번에 받을 수는 없 다. 비록 버남 숲이 던시네인에 접근했다 하더라도, 여자 뱃속 에서 태어나지 않은 네놈이 칼을 들고 맞서 왔다 해도 나는 마 지막 순간까지 버티겠다. 믿고 의지하던 방패를 내던지겠다. 자, 덤벼라, 맥더프. '항복이다!' 라고 먼저 고함을 지르는 놈이 지옥으로 떨어지는 것이다. (두 사람, 성벽 아래에서 격전. 맥베스, 살 해된다)

제9장 성 안

철수를 알리는 나팔 소리. 북과 군기와 함께 맬컴, 시워드, 로스, 영주들 그리고 병사들 등장.

맬 컴 행방을 알 수 없는 친구들이 무사히 돌아와주면 좋으련만.

시워드 그중 더러는 전사했을 것입니다. 그러나 대충 둘러보니 이 같은 대승리에 비해서는 손실이 별로 크지 않은 것 같군요.

맬 컴 맥더프가 안 보이는군. 그리고 시워드, 귀공의 아들도 보이지 않는구려.

로 스 아드님은 군인다운 최후를 마쳤습니다. 아직 성년의 나이도 아닌데, 어른도 못 따를 용기로 한 치의 양보도 없이 대장부답게 전사했습니다.

시워드 죽었단 말인가?

로 스 그렇습니다. 유해는 싸움터에서 옮겨왔습니다. 훌륭한 아드님을 잃으셨기에 슬픔도 크실 줄 압니다만 그렇게 따지다 보면 한이 없습니다.

시워드 상처는 정면에 입었던가요?

로 스 네, 이마를 다쳤더군요.

시워드 그렇다면 군인으로서 하느님 곁에 갈 수 있겠군. 비록 머리카락 수만큼 많은 아들을 갖고 있다 할지라도 이보다 더 아름다운 최후를 기대할 수는 없을 거요. 이 말로써 그를 애도합시다.

맬 컴   그것으로는 부족하오. 나도 그를 애도하겠소.

시워드   이것으로 충분합니다. 훌륭한 최후를 마친 사람은 군인의 의무를 다한 사람이오. 신의 가호를 빌 따름이오! 반가운 소식이 온 모양이군요.

　　　　맥더프가 맥베스의 머리를 장대에 꽂고 등장.

맥더프   국왕 만세! 이젠 국왕이십니다. 보십시오, 왕위 찬탈자의 저주받은 머리를. 자유로운 시대가 돌아왔습니다. 국왕 주위에는 주옥같은 인재들이 둘러싸고 있습니다. 그리고 그들은 저와 똑같은 축하 인사를 마음속으로 외치고 있습니다. 그들과 함께 우렁찬 목소리로 외치고 싶습니다. 스코틀랜드 왕 만세!

일 동   스코틀랜드 왕 만세! (나팔 소리)

맬 컴   많은 시간을 헛되이 낭비하지 않고 여러분 각자의 충성을 헤아려 응분의 보답을 하겠소. 영주들과 친족들에게는 백작의 작위를 내릴 터인즉, 이는 스코틀랜드 왕이 주는 최초의 명예가 될 것이오. 새로 시작되는 이 시대에 발 맞추어 해야 할 일 가운데에는 폭군의 덫을 피해 외국으로 피신한 친구들을 다시 본국으로 불러들이는 일과, 죽은 살인마와 마녀 같은 왕비의 앞잡이 노릇을 한 흉악범을 잡아내는 일이 있습니다. 왕비는 스스로 자신의 흉측한 손으로 자결했다 합니다. 이 밖에도 필요한 여러 일들은 하느님의 가호 아래 방법과 시간과 장소를 가려 곧 실행하겠습니다. 자, 여러분 모두에게 다시 한번 감사의 뜻을

전합니다. 스쿤에서 거행될 대관식에 여러분을 모두 초대할 테
니 빠짐없이 참석해주시오. (나팔 소리, 일동 행진하면서 퇴장)

불멸의 영광 영원한 동시대인
─ 셰익스피어의 시대와 작품세계

1. 시대와 생애

스트랫퍼다네이번(Stratford-on-Avon)은 셰익스피어가 태어날 무렵 인구 2천 명이었다. 이 도시의 역사와 전통은 아득히 선사시대로까지 거슬러 올라간다. 로마의 군사도로(Strata via, 고대영어로는 Straet)가 에이번 강(웨일스어로 Afon River)을 지나 성채(Fard) 옆을 통과했으니, 라틴어와 고대영어, 그리고 웨일스어의 합성어가 이 도시의 이름이 되었다.

색슨(Saxon) 시대에는 이 지역이 우스터(the Bishop of Worcester)의 통치 아래 있었고, 노르만 정복 시기에는 주민의 대부분이 농사에 종사하고 있었다. 리처드 1세 시대에 농산물 집산지로 변하면서 길이 열리고 건물이 서기 시작했으며, 매주 시장이 개설되는 등 발전을 이룩했다.

도시 한복판에 홀리 트리니티(The Holy Trinity) 교회가 아름답고 장엄한 모습을 드러내고 있었다. 셰익스피어는 이곳에서 세례를 받고 죽어서 이곳에 묻혔다. 스트랫퍼드는 셰익스피어가 생존했던 시절에는 흥청거리는 상업도시요 풍요로운 농업지대였으며, 런던으로 가는 교통의 요지였다. 아든 숲(The Forest of Arden)은 바로 셰익스피어의 생가 근처에 있었다. 그 숲 속에는 사슴들이 뛰놀고 있었다. 스트랫퍼드의 아름다운 자연은 셰익스피어를 자연의 시인으로 만들기에 충분했다.

스트랫퍼드는 또한 역사의 도시로서 장미전쟁의 유적이 남아 있다. 스트랫퍼드 근거리에 요크 가의 워릭(Warwick) 성(城)이 자리 잡고 있으며, 그곳으로부터 좀 더 떨어진 곳에는 랑카스터가의 교두보였던 성곽을 볼 수 있다. 셰익스피어의 사극들이 영국사의 이 시기를 즐겨 다루고 있는 것을 보면 스트랫퍼드의 역사적 환경이 그의 작품에 미친 영향을 결코 과소평가할 수 없을 것이다.

1555년, 스트랫퍼드에 부친 존 셰익스피어(John Shakespeare)가 이주해 왔다. 존은 스트랫퍼드에서 농산물 매매사업을 하면서 성공해 스트랫퍼드의 저명인사가 되었다. 1557년 유복한 집안의 딸 메리 아든(Mary Arden)과의 결혼은 그의 사회적 지위를 더욱 확고하게 만들었다. 왜냐하면 존은 1568년 스트랫퍼드시(市)의 행정에 관여하게 되어 극단의 공연허가증을 발부하는 책임을 맡게 되었기 때문이다. 1568년은 스트랫퍼드에 직업극단이 내방한 첫 번째 기록이 남아 있는 해가 되며, 윌리엄 셰익스피어는 이때 4세였으니 아버지 존 옆에서 처음으로 연극 공연을 구경할 수 있었다. 그러나 이때 이후 10년간 존은 사업에 실패해서 사회적 지위를 잃고, 파산의 위기를 겪게 되었다. 1578년의 기록에 의하면 주당 4펜스의 돈도 지불할 수 없었다는 기록이 남아 있다. 1586년 그는 시행정직에서 물러나게 되고, 1592년에는 교회에서 그의 모습을 찾아볼 수 없게 되었다.

윌리엄 셰익스피어는 그의 부친 존으로부터 이재(理財)에 밝은 상인의 생활력을 이어받았을 것이라고 추측된다. 모친 메리가 속했던 아든 가문은 워릭셔의 명문 집안이었다. 셰익스피어는 모친 메리로부터 고결한 심성과 올바른 생활태도, 역사와 자연에 대한 사랑과 종교적 신앙심을 이어받았을 것이다.

윌리엄 셰익스피어의 어린 시절에 대해서 남아 있는 기록은 얼마되지 않는다. 세례 기록과 결혼 서약에 관한 기록이 남아 있다. 교구기록부에 의하면 그는 1564년 4월 26일 수요일에 세례를 받은 것으로 되어 있다. 그러나 정확한 생일은 알려져 있지 않다. 윌리엄은 이 집안의 자녀들 중 살아남은 아들 가운데 장남이었다. 위로 누나가 둘 있었지만 유년 시절에 모두 사망했다. 세 형제 — 길버트(Gilvert), 리처드(Richard), 에드먼드(Edmund) — 가 그의 뒤를 이었으며, 두 여동생들 — 조앤(Joan)과 앤(Ann) — 또한 그의 뒤를 이었다.

윌리엄 셰익스피어는 그래머 스쿨이라는 당시의 초중등학교에 입학했다. 그 당시 이 학교의 교육은 라틴어 교습에 집중되어 있었다. 영어에 대한 교육도 이곳에서 받았을 것이라고 추측된다. 셰익스피어 생존 당시 스트랫퍼드의 그래머 스쿨 선생들은 대부분 옥스퍼드 출신들이었기 때문에 셰익스피어의 어문교육에 이들이 지대한 영향을 끼쳤을 것이라고 생각된다. 그리스와 라틴 고전문학에 관한 광범위한 독서 외에도 셰익스피어는 제네바판 성서를 탐독했을 것이다. 왜냐하면 셰익스피어의 희곡작품 속에는 이 성서를 읽은 흔적이 뚜렷하게 나타나 있기 때문이다. 그래머 스쿨의 수학 기간은 7년이었으니, 셰익스피어가 7세 때 입학했다면 1578년에 학교를 졸업한 셈이 된다.

학교를 졸업한 후, 1578년경 셰익스피어는 부친의 가업을 돕고 있었다. 이 시기에 셰익스피어를 열광시킨 것은 연극 공연이었을 것이다. 그 당시 스트랫퍼드에서 1584년까지 매년 계속해서 기적극(miracle plays)이 공연되었다. 또한 그는 때때로 아버지와 함께 야외 이동극(pageants)을 보았을 것이고, 1575년 스트랫퍼드에서 15마일 떨어진 케닐워스에서 레스터 경이 엘리자베스 여왕을 위해 공연했던 가면극을 관람했을 것이다. 존 셰익스피어가 촌장으로서 시정 일에 관여하고 있던 1568년에는 스트랫퍼드에서 흔하게 이동극단의 연극이 공연되고 있었다.

1582년 11월 27일 셰익스피어가 18세 때 그는 근처 마을 쇼터리(Shottery)의 유복한 농가의 딸인 8세 연상의 앤 해서웨이와 결혼했다. 1583년 5월 26일 딸 수재나가 태어나 트리니티 교회에서 세례를 받게 되었다. 수재나 출생 후 햄닛과 주디스 쌍둥이가 태어나서 1585년 2월 2일, 트리니티 교회에서 세례를 받았다.

이후 몇 년 동안 셰익스피어가 스트랫퍼드에 있었다는 기록은 없다. 아마도 셰익스피어는 쌍둥이 자녀 출생 이후 스트랫퍼드의 집을 떠나 청운의 꿈을 품고 더 넓은 세계로 향해 어디론가 출발했음이 분명하다. 셰익스피어는 아내를 스트랫퍼드에 남기고 떠났는데, 아들 햄닛은 1596년에 사망해서 매장되었고 아내와는 런던에서 상면할 기회가 없었다. 1585년 이후 이들 사이에는 후손이 생기지 않았다. 1597년경 셰익스피어는 스트랫퍼드의 호화주택 뉴플레이스(New Place)를 구입했는데, 만년에는 아내와 딸들을 그곳으로 이사시킨 뒤 런던 생활을 청산하고 스트랫퍼드로 돌아와서 가족들과 지내다 1616년에 세상을 떠났다.

그가 스트랫퍼드에서 종적을 감춘 뒤 다시 런던에 나타났을 때까지 7년

동안 무엇을 하고 지냈는지는 분명치 않다. 글로스터 지방에서 학교 선생을 했으리라는 추측이 믿음직하게 제기되고 있다. 왜냐하면 이 지방의 기록문서에 셰익스피어와 해서웨이의 이름이 되풀이되어 나타나고 있기 때문이다. 그는 코츠월드 지방에서 친지들과 사귀면서 학교 선생의 평온한 생활을 누리며 독서에 정진하고, 런던 생활의 대전환을 꿈꾸고 있었을는지도 모른다. 이 시기에 그는 아마도 런던에 극장이 서고, 새로운 극단들이 설립되고, 키드(Kyd)의 〈스페인의 비극〉이 공연에 성공을 거두고 있다는 소식을 접하고 있었을 것이다. 셰익스피어는 그 당시의 여러 가지 정황으로 보아, 1587년 혹은 1588년에 학교 선생을 그만두고 런던을 향해 출발했음이 분명하다.

그 후 25년간의 셰익스피어의 런던 생활이 시작된다. 즉 오늘날 우리가 알고 있는 극작가 셰익스피어의 생애가 바로 이 시기에 시작되고 완성된 것이다. 셰익스피어가 살아서 활동하던 당시의 런던은 중세도시의 모습 그대로였다. 120개의 뾰족탑이 서 있는 런던시는, 겉으로는 종교도시의 모습을 하고 있었지만 안으로는 르네상스의 물결이 거세게 휘몰아치고 있었다. 런던은 왕국의 수도였다. 정치 · 사회 · 경제 그리고 학문과 예술의 중심지였다. 중세시대의 규제와 억압에서 벗어난 런던 시민들은, 한결같이 새 시대의 자유와 열정 속에서 생의 무한한 가능성을 추구하고 있었다. 나그네들이 쉬고 가는 여관이나 술집은 먹고 자는 숙박업소일 뿐만 아니라 대중문화의 중심지가 되었다. 셰익스피어를 위시해서 존슨(Jonson), 보먼트(Beaumont), 플레처(Fletcher) 등 당대 저명한 극작가들과 시인 · 학자 · 예술가 등이 즐겨 만나던 술집은 머메이드 주막(The Mermaid Tavern)이었다. 때로는 데블 주막(The Devil Tavern)으로 자리를 옮겨 술을 마시며 문학과 예술의 담론을 나누기도 했다. 엘리자베스 시대의 연극 — 셰익스피어만이 아니라 존슨, 데커 그리고 미들턴 등 — 에는 런던 주막집의 술기운이 짙게 감돌고 있다. 그만큼 이들 주막집과 당대의 신연극은 깊은 관계를 맺고 있다. 여관집 앞마당은 연극 공연장이었다. 그곳은 런던에 새로운 극장이 건립되기 이전까지만 해도 신연극의 요람지였다. 셰익스피어 자신이 연기를 했다고 전해지는 크로스키즈 주막(The Crosskeys Tavern), 레드 불 주막(The Red Bull Tavern), 보아즈 헤드(The Boar's Head) 등에서는 끊임없이 공연이 진행되었다.

셰익스피어 시대에 신연극 형성을 위해 크게 공헌한 교육기관은 런던의 법학원이던 '인즈 오브 코트(The Inns of Court)'였다. 13세기 또는 14세기까지 거슬러 올라가는 4대 명문 법학원은 이너템플(The Inner Temple), 미들템플(The Middle Temple), 링컨스 인(Lincoln's Inn) 그리고 그레이즈 인(Gray's Inn) 등이었다. 이들 법학원은 옥스퍼드나 케임브리지 대학과 흡사한 고등교육 기관이었다. 엘리자베스 시대의 수많은 고관대작과 저명인사들은 이들 학교 출신이었다. 시드니와 베이컨은 그레이즈 인 출신이었고 세크빌과 보먼트는 이너템플 출신이었으며, 존 던은 링컨스 인 출신이었다. 이들 학교들이 국왕을 위해 주연과 가면극과 연극 공연을 펼치는 일은 그 당시 중요한 문화행사가 되었다. 이들 법학원들은 한결같이 연극 공연에 지대한 관심을 기울였다. 토머스 세크빌과 토머스 노턴이 쓴 영국 최초의 비극작품 〈고보덕(Gorboduc)〉이 1561년 엘리자베스 여왕 앞에서 공연된 것을 보면 이들 학교가 신연극의 정착을 위해 기울인 열정과 관심을 짐작할 수 있다. 셰익스피어의 〈실수 연발(The Comedy of Errors)〉은 1594년 그레이즈 인에서 공연되었으며, 〈십이야(Twelfth Night)〉는 1602년 미들템플에서 공연되었다.

로마시대 세네카의 비극작품을 영국에 소개해서 국내 연극을 활성화시킨 공로도 이들에게 있었으니, 신연극에 대한 인즈 오브 코트의 영향은 심원하고도 항구적인 것이었다.

신연극에 대한 또다른 영향력의 원천은 엘리자베스 여왕의 왕궁이었다. 왕궁에서는 끊임없이 공연행사가 개최되었다. 여왕 자신이 르네상스 시대의 군주답게 열광적으로 극단을 후원하고 공연행사를 장려했다. 여왕은 이 행사를 위해 연예 담당 시종장을 임명했다. 1594년 이후, 셰익스피어의 극단은 여왕의 후원에 힘입어 매년 어전공연을 계속했다. 이 정기공연은 1603년 여왕이 서거할 때까지 계속되었다. 셰익스피어의 작품 〈사랑의 헛수고(Love's Labour's Lost)〉 〈실수 연발〉 〈베니스의 상인(The Merchant of Venice)〉 〈헨리 4세(King Henry Ⅳ)〉 〈헨리 5세(King Henry Ⅴ)〉 〈헛소동(Much Ado about Nothing)〉 등이 어전공연되었으며 〈윈저의 명랑한 아낙네들(The Merry Wives of Windsor)〉은 여왕 자신이 셰익스피어에게 요청해서 완성되었다고 전해진다. 엘리자베스 여왕이 보인 연극에 대한 애정은 제임스 왕에 의해 계승되어, 그는 셰익스피어 극단을 왕실 전속극단으로 만들어 이들을 후원하였다. 왕실과 셰익스피어와의 밀접한 관계 때문에 셰익스피어는 영국의 귀족들과도 두터운 교분을 맺게 되었다. 당대의 기라성 같은 귀족들 ─ 스탠리, 에식스, 사우샘프턴, 펨브로크 형제들인 윌리엄과 필립 등 ─ 은 그의 패트론이요 친구들이었다. 왕궁에서 만난 지성적이고 아름다운 숱한 여인들은 그의 작품 속에서 여주인공으로 재현되고 있다.

풍요롭고, 바삐 돌아가는 가운데 흥청대는 런던 시의 활기, '인즈 오브 코트'와 대학 출신의 지적이며 감성적인 신사들의 매력, 귀족들과 아름다운 귀부인들의 사교를 즐기는 왕실의 황홀한 문화예술 환경과 분위기는 셰익스피어가 스트랫퍼드에서는 몽상조차 할 수 없는 일들이었다. 셰익스피어는 햄릿 왕자처럼 르네상스가 잉태한 사람이었다. 런던에서 그를 휩싸고 있던 르네상스의 분위기는 그의 천재적 재능을 활짝 꽃피울 수 있도록 적절한 환경을 제공해주었다.

1585년 2월부터 1592년까지 셰익스피어가 어떻게 살았고 어떤 활동을 했는지에 관해서는 확실한 기록이 남아 있지 않다. 그래서 이 시기를 셰익스피어의 '잃어버린 연대(the lost years)' 라고 부른다. 셰익스피어와 동시대 극작가로서 불운한 생애를 마친 로버트 그린(Robert Greene)이 1592년에 죽으면서 남긴 자서전(Greens Groatsworth of Wit bought with a Million of Repentance)에 의하면, 셰익스피어는 배우로서 그리고 신진 극작가로서 런던 무대에서 두각을 나타내고 있었던 것으로 추측된다. 1593년과 94년에 셰익스피어는 「소네트(Sonnets)」를 썼다. 런던에 전염병이 유행해서 한때 문을 닫았던 극장이 1594년 여름에 다시 문을 열었다. 셰익스피어는 런던에서 이 당시 창설된 두 극단 중 한 극단인 로드 체임벌린 극단에 소속되어 배우로서 그리고 극작가로서 본격적인 활동을 시작했다. 셰익스피어의 선배 극작가들인 릴리(Lyly), 그린, 말로(Marlowe), 필(Peele), 그리고 키드 등은 1594년에 이르러 한결같이 작가 활동을 끝마치면서 런던 무대는 극작가의 공백 시기를 맞게 되었다. 새로운 극작가의 출현을 갈망하던 이 시기에 셰익스피어는 눈부시게 극계에 데뷔하였다. 1594년부터 1600년의 시기는 셰익스피어의 생애에 있어서 가장 바쁘고 행복했던 시기다. 〈리처드 3세〉(1592), 〈말괄량이 길들이기〉(1593), 〈로미오와 줄리엣〉(1594), 〈한여름 밤의 꿈〉(1595), 〈리처드 2세〉(1595), 〈베니스의 상인〉(1596), 〈존왕〉(1596), 〈헨리 4세〉(1597), 〈헛소동〉(1598), 〈헨리 5세〉(1598), 〈줄리어스 시저〉(1599), 〈당신이 좋으실 대로〉(1599), 〈십이야〉(1599), 〈윈저의 명랑한 아낙네들〉(1600), 〈햄릿〉(1600) 등의 작품 발표를 보면 쉽게 이 사실을 알 수 있을 것이다.

셰익스피어가 극작가로서 성공한 것은 그가 스트랫퍼드 최고의 저택인 뉴플레이스를 1597년에 매입한 사실로도 알 수 있다. 이곳은 만년에 그가 런던 생활에서 은퇴한 후 여생을 보낸 곳이기도 하다. 뿐만 아니라 당대의 출판업자들은 그의 작품을 출판하려고 혈안이 되어 있었다. 흥행의 성공과 작품집 출판에서 거둔 막대한 수입은 그를 부유하게 만들어주었다. 그래서 그는 극단의 운영에도 참여하게 되었다.

1599년 봄, 에식스(Essex) 경은 아일랜드에서 발생한 타이론 반란을 진압하기 위해 원정의 길을 떠났다. 이 원정에는 셰익스피어의 절친한 친구이며 패트론이었던 사우샘프턴 경도 수행하였다. 그러나 이 원정은 완전 실패로 돌아갔다. 타이론을 진압하라는 엘리자베스 여왕의 지시가 있었지만 그는 타이론을 굴복시키지 못하고 굴욕적인 휴전을 체결했던 것이다. 에식스 경은 왕실의 분노를 사 관직을 박탈당하게 되었다. 1601년 2월 에식스와 사우샘프턴은 그에 동조하는 군사들을 이끌고 런던으로 향해 진군했다. 왕실에 대한 이들의 반란은 런던 시민들의 반감을 불러일으켰다. 런던 시민들은 국민적 영웅이었던 에식스 편에 가담하지 않고 여왕 편으로 기울었다. 이들의 반란은 순식간에 실패로 돌아가 에식스는 체포되었다. 재판에 회부된 그는 반역죄로 몰려 런던탑에서 참수형으로 처단되었다. 사우샘프턴도 종신형을 언도받고 런던탑에 유폐되었다.

에식스의 처형은 엘리자베스 여왕의 영광스러운 통치의 종말이었다. 충신을 죽인 엘리자베스 여왕은 이후 침울한 세월을 보내다가 1603년 3월,

세상을 떠난다. 이 사건은 극작가 셰익스피어에게 큰 충격을 안겨주었다. 그래서 1600년 이후 그의 작품세계는 일대 전환을 맞게 된다. 이른바 그의 비극 시대가 시작된 것이다.

엘리자베스 여왕의 서거와 제임스 왕의 즉위는 셰익스피어의 생애에 있어서 새로운 시대를 열었다. 스튜어트 가문의 군주답게 제임스 왕은 예술을 사랑했고, 연극을 육성했다. 1603년 5월 제임스 왕이 런던에 도착하자마자 행한 중요한 일 가운데 하나는, 궁내대신극단(the Chamberlain's Men)을 국왕극단(the King's Men)으로 개편해서 왕 스스로가 극단의 패트론이 된 일이었다. 극단 단원들에게는 연봉이 지급되었고, 왕실 전속 극단답게 왕실 가문의 표시가 수놓아진 보랏빛 의상과 모자를 착용토록 했다. 뿐만 아니라 제임스 왕은 셰익스피어와 그 일행들에게 '그룸즈 오브 더 체임버(Grooms of the Chambers)'라는 명예로운 계급을 수여하기도 했다. 또한 제임스 왕의 치세가 시작되자 그의 패트론이었던 사우샘프턴은 감옥에서 풀려났다.

그렇지만 셰익스피어의 마음은 어둡고 침울했다. 그의 변화는 〈오셀로〉(1604), 〈리어 왕〉(1605), 〈맥베스〉(1606)에서 분명해졌다. 심지어 이 시기에 쓴 희극작품 〈트로일로스와 크레시다〉(1601), 〈끝이 좋으면 다 좋다〉(1602), 〈자[尺]에는 자로〉(1604)에조차 음산한 절망감이 감돌고 있다. 그의 작품에서 엿볼 수 있는 이 같은 변화의 원인을 여러 가지로 규명해볼 수 있으나, 가장 확실한 것은 첫째로 당대의 연극적 유행의 변화를 들 수 있다. 관객들은 낭만적 희극과 역사극에 식상한 나머지, 사실적이며 풍자적인 희극작품과 인간존재의 궁극적 가치의 문제를 다루는 비극작품을 선호하게 되었다. 둘째로 지적될 수 있는 것은 셰익스피어 자신의 예술적 각성이다. 주제의 변화는 그로 하여금 새로운 연극 형식을 갈망케 했을 것이다. 그는 나이가 들어감에 따라 르네상스 문화 저변에 깔린 비극적 실상을 깊이 인식하게 되었다. 그는 비극의 원천이, 악(惡)이 저지르는 폭력에 있음을 알게 되었다. 악의 막대한 위력 앞에 선(善)이 참패하는 절망적 상황을 그는 체험하게 되었다. 악과 선의 관계를 파헤치고 해명하는 것이 인간 존재의 의미와 목적을 정립하는 일이라고 그는 단정하였을 것이다. 그는 이런 엄숙하고 장엄한 주제를 다루는 데 있어서 비극의 형식이 가장 효과적인 극 형식이 된다고 생각했던 것이다.

1608년 셰익스피어의 건강이 갑자기 악화된다. 비극작품의 창작에서 엿볼 수 있는 결렬한 고뇌의 폭풍우를 겪고 난 뒤, 그는 그의 은퇴를 예고하는 듯한 〈겨울 이야기〉(1610), 〈템페스트〉(1611) 등을 발표한다. 1613년, 〈헨리 8세〉의 발표를 끝으로 그의 창작 생활은 종결된다. 1613년은 괴로운 해였다. 그의 주된 활동무대였던 글로브극장(Globe Theatre)이 불에 타 잿더미가 된 해이기도 하기 때문이다. 1616년 3월 25일, 그는 그의 변호사 프랜시스 콜린스(Francis Collins)를 시켜 유언장의 내용을 확정시켰다. 셰익스피어의 말년은 그 동안의 맹렬한 작품활동과 역사적 사건이 안겨다 준 중압감과, 가정생활의 고뇌로 피로에 지쳐 기진맥진한 상태에 놓여 있었을 것이라는 설이 지배적이다. 셰익스피어가 언제 런던을 떠나 스트랫퍼드로 갔는지 확실한 연대는 밝혀져 있지 않지만, 1605년부터 1609년까지 계속된 런던의 전염병을 피해 스트랫퍼드의 전원생활로 돌아갔을 것으로 짐작된다. 1610년에는 고향에 있었던 것이 분명한데, 그것은 1610년에서 1614년 사이에 상당한 액수의 부동산을 스트랫퍼드에서 사들인 사실로 알 수 있다. 물론 고향 땅에 머무르면서도 런던 나들이는 자주 했을 것이라고 짐작된다. 그는 유언장을 통해 딸 수재나, 주디스, 손녀 엘리자베스, 그리고 사랑하는 아내에게 재산을 분배한 뒤 1616년 4월 23일에 별세하였다. 그의 묘지는 지금도 스트랫퍼드의 홀리 트리니티 교회 안에 안치되어 있다. 수재나의 유일한 소생이었던 엘리자베스는, 1670년에 후손을 남기지 못한 채 사망했다. 주디스가 낳은 세 손자들도 어려서 모두 죽었다. 이 때문에 셰익스피어 가문은 손녀 엘리자베스에 이르러 대가 끊겼다.

셰익스피어의 초기 시절에 대해서 우리는 아는 것보다 모르고 있는 사실이 더 많다. 그의 만년은 더욱 깊은 신비에 싸여 있다. 그는 이 세상에 그 자신의 뚜렷한 모습을 나타내진 않았지만, 그의 작품 속에 영원히 지워지지 않을 이름을 남겼다. 그의 작품은 '불멸의 영광'을 누리게 될 것이다. 셰익스피어는 '우리들의 영원한 동시대인'인 것이다.

2. 셰익스피어의 비극 세계

영국에서 최초로 희곡작품이 나온 것은 1550년이며, 최초의 비극작품이 햇빛을 본 것은 1560년이었다. 셰익스피어가 1601년까지 이미 〈헛소동〉〈십이야〉〈햄릿〉 등을 썼다고 볼 때, 16세기 후반에 있어서의 영국 희곡의 급격한 발전상을 알 수 있다. 결론적으로 말해서, 셰익스피어가 영국 극계에 데뷔하는 시기에 영국 희곡의 근대사가 시작되었다고 볼 수 있다. 1590년대에 셰익스피어가 극작가로서 활약을 하게 되는데 다행스럽게도 이 시기에 나라의 보호를 받고 있던 극단들(The Admiral's and The Stage-Chamberlain Company)이 마련되었고, 또한 여러 극장들이 개설되었다는 사실을 잊어서는 안 된다. 훌륭한 극작가의 탁월한 작품과 안정된 극단과 극장의 개관이 시기적으로 일치되어 영국 연극의 황금시대가 열린 것이다.

1590년대 초에 극계에 진출한 셰익스피어는 약 10년간 사극과 희극에 중점을 둔 창작생활을 해왔는데, 1600년(36세)을 경계로 셰익스피어의 희곡세계는 일대 전환점을 맞이하게 되어, 어두운 인생의 뒤안길과 인간의 고뇌·절망·죽음 등의 주제를 주로 다루는 비극시대로 돌입하게 된다. 사랑과 믿음에 근거한 인간의 행복, 기쁨, 사회적 유대감 등의 주제를 그는 희극작품에서 주로 다루었는데, 비극 세계에 이르면 햄릿의 대사처럼 "숭고한 이성, 능력, 모습, 거동의 무한한 가능성, 놀라운 행동력, 천사 같은 이해력, 신처럼 보였던" 인간이 "먼지덩어리로 보이는" 상황에 이르게 된다. 낙천적 인생관이 염세적 인생관으로, 희망적 세계관이 절망적 세계관으로 바뀐 것이다. 존경하는 아버지를 잃은 햄릿은 사랑하는 모친의 도덕적 타락과 인간적 배신, 그리고 숙부의 배신, 어지러워진 나라 사정, 오필리어의 죽음 등으로 깊은 절망감에 빠져 비통한 최후를 맞는다.

로미오와 줄리엣은 양가의 해묵은 불화 때문에 그들의 청순한 사랑이 죽음으로 끝난다. 이아고의 간계에 빠진 오셀로 장군은 질투심 때문에 선하고 착한 데스데모나를 살해한다. 딸들의 불효에 분노한 리어 왕은 광야를 헤매고, 효심이 지극한 코델리아는 그녀의 선량한 행동 때문에 처참한 죽음을 당한다. 멕베스 장군은 마녀들의 꾐에 현혹되어 끔찍한 살인 행위를 범함으로써 스스로 치욕적인 죽음을 택한다. 거대한 악의 힘에 의하여 선한 의지와 행위가 무참히 파괴당하는 비극을 체험하면서 우리는 어둡고 침울한 인생의 단면을 직면하게 된다.

엘리자베스조(朝) 비극의 한 가지 형태로 그 당시 관객에게 인기가 있었던 것으로는 복수극이 있었다. 토머스 키드의 〈스페인의 비극〉(1589년?)은 그 대표적 예가 된다.

1) 햄릿

작품 〈햄릿〉이 등록(The Stationers' Register)된 일자는 1602년 7월 26일이다. 창작 시기와 첫 공연은 아마도 1601년에서 1602년 사이로 추정된다. 〈햄릿〉은 셰익스피어가 처음으로 만들어낸 작품이 아니다. 똑같은 소재의 작품이 영국 무대에서 공연된 것은 1580년대였다. 셰익스피어가 소속되어 있던 극단에서도 1594년과 1596년에 셰익스피어의 작품이 아닌 〈원형 햄릿〉이 공연된 적이 있다. 세네카류의 복수극이 런던 무대에서 유행하자 셰익스피어는 〈원형 햄릿〉을 개작해서 새로운 작품을 쓰기 시작했다. 셰익스피어의 이름이 붙은 〈햄릿〉 공연의 최초의 기록은 1600년이다. 그러나 이 공연의 인쇄 대본은 남아 있지 않다.

1603년 〈햄릿〉의 인쇄 대본이 런던에서 판매되었다. 이것이 최초의 쿼토판(the first Quarto) 〈햄릿〉이다. 그러나 이 대본은 불량판이었다. 셰익스피어는 이 불량판을 수정 보완하여 1604년 두 번째 쿼토판(the second Qrarto) 〈햄릿〉을 출간하였다. 세 번째 텍스트는 1623년에 발간된 폴리오판(first Folio) 〈햄릿〉이다. 현대판 〈햄릿〉은 주로 두 번째 쿼토판 〈햄릿〉과 폴리오판 〈햄릿〉을 종합한 것이다.

햄릿 이야기는 아득한 옛날 바이킹 시대의 덴마크에서 시작된 것이다. 구전된 전설이 12세기에 이르러 활자화되었고, 1582년경 프랑스어로 번

역되어 이후 엘리자베스 시대 영국 무대에서 공연되었다. 이 〈원형 햄릿〉
판은 현재 남아 있는 것이 없다.

얀 코트(Jan Kott)는 이렇게 말하고 있다. "〈햄릿〉을 완벽하게 무대에 올
리기 위해서는 약 6시간이 필요하다. 따라서 이 작품은 연출가에 의해 압
축되어 공연될 수밖에 없다. 그러기 때문에 당연히 제각기 다른 〈햄릿〉 공
연이 있게 마련이다. 따라서 어떤 〈햄릿〉 공연도 셰익스피어 시대의 〈햄
릿〉보다는 축소된, 불완전한 〈햄릿〉 공연이 될 수밖에 없다. 그러나 이 때
문에 〈햄릿〉 공연은 제각기 시대와 나라에 따라 개성의 빛과 의미를 지니
게 되어 동시대적 〈햄릿〉이 성립된다."

〈햄릿〉은 얀 코트가 말한 대로 시대와 나라를 비추는 '거울의 기능'을
하고 있다. 가장 이상적인 〈햄릿〉 공연은 셰익스피어에 충실하면서도 동
시에 현대성을 획득하고 있는 것이 되어야 한다. 즉 〈햄릿〉 공연 무대 속에
얼마나 진실한 셰익스피어가 있고, 얼마나 절실한 우리들 자신이 표현되
고 있는가가 중요하다. 〈햄릿〉의 주제는 실로 다양하다. 정치·폭력·도
덕·복수·효도·사랑·우정 그리고 존재의 의미와 인생의 목적 등이 그
것인데, 우리들은 이 모든 주제들을 몇 가지만 선택하거나 전체를 종합·
연관시켜 읽어야 한다. 중요한 것은 선택의 기준과 이유다. 〈햄릿〉을 성격
비극의 대표적인 예로 꼽는 까닭은 왕자 햄릿의 비극적 성격을 통해 이미
지적한 숱한 주제들이 표출되고 있기 때문이다.

작품 〈햄릿〉에 있어서 가장 크게 논의되고 있는 문제는, 어째서 햄릿은
복수할 수 있는 기회가 있었는데도 과감히 실천하지 못하고 종국적인 죽
음의 파국을 맞이하였는가 하는 점이다. 이 점에 대해선 그의 성격이 우유
부단해서 못 했다는 성격적 무능설, 인생을 지나치게 비관하고 있었기 때

문에 행동이 불가능했다는 비관론설, 개인적 복수보다는 혼란과 파탄 속에 빠져 있는 덴마크를 먼저 구했다는 구국사명설, 부왕에 대한 질투심 때문에 부왕의 명령을 따르고 싶지 않았기 때문이라는 오이디푸스 콤플렉스설 등 갖가지 논의가 제기되고 있는데, 필자는 이 모든 이유가 종합된 복합적 원인 때문에 복수를 지연할 수밖에 없었다는 절충설을 믿고 싶다. 복수를 어떻게 했는가 하는 것만을 따진다면 키드(Kyd)류(類)의 복수극과 큰 차가 없겠는데, 유의해야 할 점은, 복수행위를 과제로 삼고 있으면서도 수행해내기 힘겨워하는 한 인간의 정신이 더듬는 고뇌의 역정과, 그 과제에 대한 정신적이며 육체적인 의식적 반응 등인 것이다. 〈햄릿〉을 읽으면서 마음속에 살아 있는 햄릿을 느낄 수 있는 순간은 바로 이런 각도에서 이 작품을 읽었을 때가 된다.

플롯 시놉시스

제1막 : 심야의 성벽에 부왕(父王)의 망령이 나타난다.

부왕이 서거한 지 한 달, 왕비 거트루드는 선왕의 동생 클로디어스와 재혼한다. 클로디어스는 새로운 국왕이다. 비텐베르크대학의 학생인 왕자 햄릿은 이런 돌변한 상황이 불만이다. 부왕에 비해 모든 점에서 열등한 클로디어스와 재혼한 모친에 대해서도 이해할 수 없다. 망령과의 만남에서 부왕이 암살당했다는 것을 알고 그는 복수를 맹세한다.

내무대신 폴로니어스는 새로운 왕에게 아부하는 속물이다. 햄릿은 그를 싫어한다. 폴로니어스는 홀아비로서 아들 레어티즈와 딸 오필리어가 있다. 레어티즈는 프랑스에 유학 중인데 새로운 왕의 대관식 때문에 일시 귀국해 있다. 미모의 딸 오필리어는 햄릿과 사랑하는 사이지만 레어티즈는 그녀에게 사랑을 단념하도록 종용한다. 폴로니어스도 이 의견에 동조한다.

제2막 : 우리는 실의에 빠진 햄릿 왕자를 본다. 부왕의 복수 명령을 따르겠다고 했지만 일은 간단치 않았다. 일국의 왕을 살해한다는 것은 중범죄다. 국민에게 그럴 만한 이유가 제시되어야 한다. 현재 증거는 망령의 말뿐이다. 그 망령이 자신을 현혹하기 위한 악령이라면 어떻게 할 것인가. 구체적이고 확실한 증거가 있어야 한다. 왕은 건장하고 용맹한 스위스 근위병의 호위를 받고 있다. 암살의 기회를 잡는 일은 결코 쉽지 않다. 게다가 부왕의 명령은 가혹하다. 복수를 하되 거트루드 왕비를 해쳐서는 안 된다, 복수를 하되 위기에 빠진 왕국을 구하라는 등 조건부여서 햄릿 왕자가 수행하기에는 너무나 벅찬 일이다. 햄릿은 이 때문에 깊은 고민에 빠진다.

우울증에 빠진 햄릿은 광기를 부린다. 그의 광중은 자신의 속셈을 은폐하기 위해서 일부러 하는 짓이지만, 그럴 만한 충분한 이유도 있어서 주변 사람들은 쉽게 속는다. 우선 왕과 왕비, 그리고 폴로니어스 등은 왕자의 광기가 오필리어에 대한 사랑 때문이라고 속단한다. 그러나 새로운 왕 클로디어스는 음모에 능한 정치가다. 그는 햄릿의 광기의 원인을 쉽게 받아들이지 않는다. 클로디어스 왕은 햄릿의 친구를 불러 햄릿 왕자의 우울증의 진상을 파악하도록 명한다. 그 시기에 유랑 극단이 엘시노어 왕궁에 도착한다. 햄릿은 대환영이다. 공연을 이용해서 국왕의 범죄를 확인하고 증거를 잡고자 한다.

제3막 : 햄릿의 고민과 증거 포착 계획이 한꺼번에 나타나는 장면이 계속된다. 유명한 독백 "죽느냐, 사느냐, 그것이 문제로다…"라는 대사가 나오는 것도 제3막이다. 햄릿은 여전히 망령의 말에 반신반의하면서 우유부단한 성격으로 실천을 주저하는 자신에 대해서 혐오감을 느낀다. 동시에 세상의 타락과 혼란을 증오하면서 허무주의적인 자포자기에 빠지기도한다. 그래서 복수는 계속 지연된다. 그는 지혜를 짜서 극중극을 연출한다.

이 극에서 새로운 왕의 암살 장면을 재연한다. 햄릿은 친구 호레이쇼에게 부탁해서 클로디어스의 반응을 관찰하기로 한다. 극중극 장면을 보고 클로디어스 왕은 얼굴이 새파랗게 질려서 퇴장한다. 이 광경을 보고 햄릿과 호레이쇼는 클로디어스를 살인범으로 단정한다. 살인범을 쫓는 햄릿은 "알았다!"라며 쾌재를 부른다. 한편 클로디어스 왕도 "알았다!"라고 소리를 지른다. 햄릿이 자신의 암살 행위를 알고 있다는 것을 확인했다는 소리다. 이 장면이 연극 〈햄릿〉의 클라이맥스가 된다. 지금까지는 햄릿이 클로디어스를 쫓는 입장이었다. 앞으로는 클로디어스가 햄릿을 쫓는 과정이된다. 그러나 우리가 놓쳐서는 안 되는 중요한 장면이 있다. 극중극 후 클로디어스가 혼자서 기도하는 장면이다. 햄릿은 어머니의 호출을 받아 가는 길에 우연히 이 장면을 목격한다. 그는 클로디어스의 죄악 고백 장면을 목격한다. 그래서 칼을 빼고 그를 죽이려 한다. 그러나 단념한다. 클로디어스가 악행을 저지를 때 죽여야 그를 지옥에 보낼 수 있다고 생각해서였다. 그러나 이 행위는 복수의 지연이다.

햄릿이 어머니와 만나고 있을 때, 방의 장롱 뒤에서 이들의 대화를 엿듣고 있던 폴로니어스를 햄릿은 클로디어스 왕인 줄 알고 찔러 죽인다.

제4막 : 햄릿은 국왕의 명을 받아 영국으로 출범한다. 클로디어스 왕은 영국 왕에게 보내는 친서 속에 햄릿을 살해해달라는 부탁을 하고 있다. 오필리어는 햄릿으로부터 버림을 받은 데다, 부친마저 살해되자 발광해서 익사한다. 레어티즈는 부친의 사망 소식을 듣고 무장한 민중을 이끌고 왕궁으로 쳐들어간다. 그에게 클로디어스는 부친을 살해한 사람은 자신이 아니라 햄릿임을 알려준다. 클로디어스는 그에게 햄릿과 결투해서 독살할 것을 종용한다. 레어티즈의 칼에 독을 칠하고, 햄릿이 마시는 물에도 독약을 풀어놓는다는 것이었다.

제5막 : 묘지 장면에서 시작한다. 오필리어의 장례 행렬이 나타난다. 이 장면에 영국에서 살아서 돌아온 햄릿이 친구 호레이쇼와 함께 몰래 나타난다. 햄릿은 오필리어의 죽음을 알게 된다. 장면은 바뀌어 햄릿과 레어티즈의 결투장면이 된다. 결투 도중 왕비는 햄릿을 위해 건배를 하는데, 마신 잔이 독배(毒杯)였다. 결투 도중 독검이 햄릿을 찌르고, 싸우다가 칼이 바뀌어 레어티즈의 독검을 손에 든 햄릿이 레어티즈를 찌른다. 왕비가 쓰러진다. 이 광경을 보고 레어티즈는 햄릿에게 진상을 고백한다. 햄릿은 모든 범죄를 꾸민 클로디어스를 살해한다. 그에게 독배를 마시게 한 것이다. 그렇게 해서 클로디어스도 죽는다. 레어티즈도 죽는다. 햄릿도 죽는다. 모두가 죽는 처참한 종말에 깊은 침묵이 흐르는 가운데 노르웨이 군의 예포가 울려 퍼지면서 서서히 막이 내린다.

2) 오셀로

16세기 말부터 17세기 초 영국에서는 '가정비극'이라고 불리는 작품이 성행했다. 그동안 비극의 주인공들은 대부분 왕후귀족이나 역사상의 인물들이었는데, 이 '가정비극'에서는 중산층 인간을 주역으로 하고, 그 당시의 상황을 그 시점에서 수용하여 주로 가정 내에서 일어나는 애정문제나 가족 간의 갈등과 살인사건을 다루고 있었다. 토머스 헤이우드의 〈순하기 때문에 살해된 여인〉(1603년)이 그 대표작이라 볼 수 있다. 셰익스피어가 〈햄릿〉의 비극을 복수극의 패턴에 맞춰 써나갔다고 할 때 〈오셀로〉는 복수극의 패턴을 답습하고는 있지만 초점을 가정의 비극에 두고 있다는 점이 특이하다. 셰익스피어는 이 작품의 소재를 이탈리아인 지란디 친지오의 〈백 개의 이야기〉(1565?)에서 얻어왔다.

그러나 우리는 〈오셀로〉를 단순히 가정비극 작품으로만 읽지 않는다. 피부색이 검은 오셀로가 원로원의 딸 백인 미녀 데스데모나를 아내로 맞이하는 일이 자신의 탁월한 존재 가치를 인정하는 일이었다면, 그녀를 상실한다는 것은 자기 자신의 존재를 잃고 마는 일이 된다. 그는 남달리 질투심이 강한 사람은 아니었다. 정열적이고, 용감하고, 고결한 정신의 소유자였다. 그토록 자신만만하던 그가 보잘것없는 일개 부하인 이아고의 간계에 넘어가 질투심에 빠져, 고결한 성격의 인간이 짐승 같은 인간으로 타락하는 운명의 비극을 이 작품은 다루고 있다. 더욱 큰 문제는 오셀로의 파멸과 데스데모나의 비극적 죽음만이 아니라 이아고의 엄청난 악의 파괴력이다. 어떻게 보면, 오셀로는 질투심에 사로잡혀 데스데모나를 죽이는 것이 아니라, 이아고의 초인적인 선동력에 꼭두각시가 되어, 이아고 밑에서 살인의 하수인이 된 듯하다.

이아고에게는 어떤 동기가 있었을까. 이아고의 성격이 부자연스럽게 보인다면, 그것은 그의 악행에 뚜렷한 동기가 없기 때문이 아닌가라는 의문이 생긴다. 이 작품을 읽으면서 더욱 불가사의하게 생각되는 것은, 이 작품이 극중의 실제 경과 시간과 등장인물과 관객의 심리적 시간 사이에 이중의 시간구조를 갖고 있어서, 처음에는 천천히 극이 전개되다가 제3막 3장서부터는 굉장한 스피드로 플롯이 전개되어, 관객은 오셀로가 이아고에게 빠른 속도로 조종되는 것 같은 느낌을 받으며 극 속으로 휘말려들기 때문에 이아고의 동기를 생각할 겨를이 없다는 것이다.

그러나 이아고에게 동기가 없는 것은 아니다. 권력에 대한 욕망을 달성하는 데 방해가 되는 모든 요소를 제거하려는 의지가 있었다. 물욕이 남달리 강했다. 돈을 얻기 위해 온갖 힘을 기울인다. 권력욕과 물욕이 이아고의 병든 지력과 부도덕한 정신에 상승작용을 일으키며 엄청난 파괴력이 가동된다. 그는 자기 자신의 운명과 타인의 운명에 대해서는 무관심하다. 악을 위한 악행에 헌신하는 집념에 사로잡혀 있다. 또한 오셀로의 성격이 자기 자신을 미화시키고 이상화시키면서 있는 그대로의 상황과 자기 자신의 허점을 무시할 때 이아고의 영향력은 더욱 커질 수 있다. 손수건 사건이 이 점을 잘 설명하고 있다. 한 장의 손수건을 증거로 아내를 살해하는 동기로 삼는 오셀로의 잘못은 이아고가 역이용하는 무기가 된다.

〈파우스트〉에 나타나는 메피스토펠레스에게는 두 면이 있다. 악의 이념의 부담자로서의 일면과 파우스트의 동반자로서의 현실적인 일면이다. 메피스토펠레스의 악의 이념이 어떤 것인가는 그와 파우스트와의 최초의 대화에서 명백해진다. 그는 자신을, 항상 악을 바라면서도 끊임없이 선을 만드는 힘의 일부라고 규정한다.

　그의 악이란 것은, '천상의 서곡'에서 주님이 메피스토펠레스를 가리켜 "대수로운 자가 아니다"고 언명했듯이 궁극적으로 선에 대항하는 악이 아니라는 것은 명백하다. 즉 파우스트가 잠시 메피스토펠레스와 타협하는 것은 메피스토펠레스를 사역해서 자기 완성에의 길을 한층 더 강렬하게 추구하기 위해서였다. 따라서 파우스트는 방황하면서도 꾸준히 노력하는 일을 단념하지 않는다. 이처럼 파우스트에 있어서는, 악은 선에 대립하는 요소가 아니라 지고의 선에 이르는 한 방편이었다. 그러나 이아고의 경우는 메피스토펠레스의 역할과는 전혀 다른 악의 의미였다. 이아고는 악을 행하며 악을 철저히 악으로서 사랑한다.

　〈오셀로〉는 셰익스피어의 어느 작품보다도 비극적 구성이 우수한 작품이라 할 수 있다. 뿐만 아니라 오셀로 장군은 셰익스피어가 창조한 다른 어떤 인물보다도 사실적이다. 그에게는 초자연적이며 신비로운 부분이 전혀 없다. 오셀로 장군이 또한 고결한 비극적 인물로 묘사되어 있는 것도 중요한 특징이라 할 수 있다. 작품 〈오셀로〉에서 특이한 존재는 이아고다. 그는 이기심과 악의의 상징이 되고 있다. 데스데모나는 오필리어나 코델리아처럼, 아름답고 가련한 비극적 여주인공이다. 작품 〈오셀로〉는 〈햄릿〉과 비교하여 그 주제가 덜 철학적이고 〈리어 왕〉과 비교하여 덜 격정적이지만, 그 대신 사실적이요 낭만적인 작품이라는 특징을 지니고 있다. 그 이유는 이 작품이 지니고 있는 시(詩)의 매력 때문이다. 〈리어 왕〉과 〈오셀로〉가 구별되는 또 다른 중요한 특징은 〈오셀로〉와는 달리 〈리어 왕〉은 명백한 이중 플롯을 지니고 있다는 점이다. 리어 왕과 딸들의 관계가 메인 플롯이라고 한다면, 글로스터와 그의 아들들과의 관계는 서브 플롯이 된다. 이 두

가지 플롯이 평행하여 서로 얽히면서 주제가 대조적으로 부각된다. 그리고 중요한 부분이 강조된다. 〈리어 왕〉은 〈오셀로〉나 〈맥베스〉가 지니고 있는 통일성과 집중성은 잃고 있지만 상징적 의미의 표현에는 성공하고 있다.

선이 싫고, 선을 증오하기 때문에 악을 행한다. 이아고의 행위에는 복수라든지, 질투라든지, 혹은 야망 같은 것이 있어 행동상의 동기가 되는 면도 있지만, 그보다는 악의라든지 자신의 악으로 인한 타인의 고통에서 느끼는 희열이 있음을 잊어서는 안 된다. 도덕에 대한 생리적인 혐오와 타자에 대한 경멸감, 선에 대한 의식적인 반항, 악한 행동 자체에 대한 향락 등이 복합적으로 얽혀 이아고의 악을 낳고 있는 것이다. 오셀로는 전적으로 이아고의 손아귀에서 희롱당하기만 한다. 이아고의 악이 오셀로를 각성시켜 그를 향상시키는 채찍이 되지 못하고 무서운 폭군이 되어 그의 운명을 좌우하고 있다. 오셀로는 햄릿, 리어 왕, 맥베스 등의 경우와 같이 극한 상황에 도달한 인간의 비극이다. 그는 어두운 인간 고뇌의 심해에 도달한다. 빅토르 위고는 "오셀로는 무엇이냐. 그는 밤이다. 거대한 운명적 인간이다"라고 말했고, 배우 로렌스 올리비에는 "이아고가 오셀로 곁에 있는 것은 오셀로가 무너져내리는 산벼랑에 서 있는 것과 같다"고 말한 적이 있는데, 이 두 비극적 인물들의 관계를 잘 설명하고 있는 말이다. 우리는 〈오셀로〉를 읽고 선(善)이 산벼랑 아래로 무너져내리는 비통감을 맛본다. 이 비통감은 정의가 끝내 실현되지 못한 깜깜한 밤과도 같은 것이다. 이아고를 마지막에 사로잡아 아무리 그를 고문해도 데스데모나는 돌아오지 않는다.

플롯 시놉시스

　제1막 : 무대는 베니스가 독립된 국가로서 지중해의 패권을 장악하며 터키와 항쟁하던 시기의 이야기다. 악인 이아고가 베니스의 남자 로더리고를 동반해서 등장한다. 로더리고는 사람은 좋지만 순진하고 어리석어 이아고에게 이용당하고 있다. 이아고는 승진 문제로 울분을 삼키고 있다. 베니스 지중해군 총사령관은 무어인 장군 오셀로다. 그 부관으로 이아고는 자신이 임명되리라 믿었는데, 캐시오가 차지했다. 이 때문에 이아고는 캐시오도 미웠지만 오셀로 장군을 더 증오한다. 뿐만 아니라 오셀로는 원로원 의원 브러밴쇼의 딸 데스데모나와 사랑을 나누는 사이가 된다. 무어인 주제에 베니스 최고의 미녀를 차지했다는 점 때문에 이아고는 질투심을 갖는다.

　이아고는 한밤중에 브러밴쇼 의원의 집으로 가서 무어인 이 댁의 따님을 농락하고 있다고 고자질한다. 브러밴쇼는 딸의 방을 가본다. 딸이 없다. 데스데모나는 오셀로와 데이트 중이다.

　터키 함대가 키프로스 섬을 향해 출동했으니 오셀로는 출진 명령을 받는다. 오셀로 장군이 한 걸음 먼저 가고, 뒤따라 신부 데스데모나가 남편과의 재회를 위해 출발한다. 이아고는 그녀를 수행한다. 이아고의 처 에밀리아도 함께 가면서 데스데모나의 뒷바라지를 한다. 데스데모나를 짝사랑한 로더리고는 낙심하고 있다. 이아고는 그에게 "돈을 잔뜩 들고 나를 따라오라"고 설득한다. 데스데모나가 곧 오셀로에 싫증을 낼 터이니, 그때 데스데모나에게 값진 선물을 하면 로더리고에게도 기회가 올 것이라고 말한다. 로더리고는 그의 간계에 넘어가 이아고를 따라 키프로스로 간다.

제2막 : 이후는 키프로스 섬이 무대가 된다. 터키 함대는 폭풍을 만나 해상 조난을 당해 전멸했다. 오셀로 일행과 데스데모나 일행이 키프로스섬에서 재회한다. 이아고는 부관 캐시오가 데스데모나에게 연정을 품고 있다고 믿는다. 또한 오셀로가 자신의 처 에밀리아를 간음하고, 캐시오도 똑같은 짓을 했을 것이라고 속단한다. 그는 이들에게 앙심을 품는다. 모두 혼내주겠다고 결심한다.

오셀로는 부관 캐시오에게 밤사이 경비를 맡기고 자신은 신혼의 잠자리에 든다. 키프로스섬은 전승 파티로 요란하다. 모두들 취해 있다. 캐시오는 이아고가 준 술을 받아 마시고 만취 상태에서 몬타노와 싸움을 한다. 몬타노는 칼에 찔려 죽을 고비를 맞고 있다. 경비 초소의 종이 울리고 시끄러워지자 오셀로 장군이 잠자리에서 일어나 나온다. 캐시오가 만취해서 사건이 발생했다고 이아고가 오셀로 장군에게 보고하자. 오셀로 장군은 "부관은 면직이다" 라고 말한다. 이아고는 캐시오에게 데스데모나를 찾아가서 사죄하라고 일러준다. 그녀는 그를 도와줄 것이라고 말한다. 캐시오는 이아고의 흉계를 알아차리지 못하고 그에게 고마워한다.

제3막 : 이아고의 흉계가 효과를 내고 있다. 캐시오는 몰래 데스데모니를 만나서 일을 부탁한다. 데스데모나는 그에게 호의를 베푼다. 캐시오가 급히 사라진 다음 오셀로 장군이 나타나자, 이아고는 일부러 "앗, 실수였다" 라고 말한다. "왜 그래?" 라고 묻는 장군에게 이아고는 "아무 일도 아닙니다. 저는 아무것도 모릅니다……" 라고 말한다. 오셀로 장군은 그가 등장하자 급히 도망치듯 사라진 캐시오가 미심쩍다. 게다가 이아고의 이상한 발뺌이 마음에 걸린다. 이아고는 이 모든 것을 계산에 넣고 있다.

데스데모나는 오셀로 장군에게 캐시오의 구명을 간청한다. "이상하다?" 오셀로는 의심을 품는다. 이아고는 계속 두 사람의 불륜을 암시하는 말을 한다. 생쥐 한 마리가 바위를 갉아서 무너지게 만드는 일이 시작되었다. 오셀로는 무어인으로서 검은색 피부에 대한 열등감이 언제나 있다. 캐시오는 백인 미남이다. 셰익스피어의 대사 처리, 인물 설정의 신기(神技)를 엿보게 하는 장면이 계속된다.

이아고는 다음 단계의 책략을 펼친다. 아내 에밀리아에게 부탁해서 데스데모나의 손수건을 입수해달라고 한다. 이아고는 그 손수건을 캐시오의 방에 떨어뜨린다. 이 손수건은 오셀로 장군이 신부에게 준 귀한 선물로서, 오셀로 장군의 어머니가 간직했던 사랑의 보물이다. 이아고는 오셀로 장군에게 캐시오가 그 손수건으로 머리를 닦고, "사랑하는 데스데모나"라고 말하는 것을 들었다고 말한다. 오셀로의 질투심에 불이 당겨진다. 오셀로는 아내에게 손수건의 행방을 묻지만 데스데모나는 제대로 답변을 못 한다. 아내는 계속해서 캐시오의 착한 면을 상기시키면서 그의 사면만을 간청하고 있다.

제4막 : 이아고는 오셀로에게 데스데모나가 캐시오에게 안겨 있었다고 말한다. 캐시오의 정부 비앙카가 캐시오에게 매달리면서 사랑을 호소하는 장면을 멀리서 부분적으로 목격한 오셀로는 그 여자를 데스데모나로 착각하고 더 이상 참지 못하고 있다. 이성을 잃은 오셀로는 데스데모나에게 폭언을 하고 폭력을 휘두른다. 데스데모나의 필사적인 변명을 묵살한 오셀로는 완전히 이아고의 간계에 빠진 하수인처럼 되었다. 이아고의 처 에밀리아가 오셀로 장군 앞에서 데스데모나를 옹호해도 그는 아랑곳하지 않는다. 데스데모나는 절망적이다.

　제5막 : 로더리고가 칼을 뽑아 캐시오를 습격하지만 오히려 역습을 당
하고 살해된다. 캐시오는 중상을 입는다. 이것도 이아고의 흉계였다. 로더
리고를 충동질해서 캐시오를 죽이는 한밤중의 난투극 중에 이아고 자신이
캐시오를 찌르고 로더리고를 죽였다. 한편 이성을 잃은 오셀로는 혼자 침
실에서 잠들어 있는 데스데모나에게 가서 그녀를 죽이려고 한다. "살려달
라"고 애원하는 데스데모나에게 오셀로는 "창녀!"라고 말하며 매도한다.
오셀로는 데스데모나를 교살한다. 살해 직후 손수건이 이아고에게 전달된
경위가 에밀리아의 입을 통해 오셀로에게 전달된다. 이 일이 폭로되면서
모든 것이 이아고의 흉계에 의한 것임이 밝혀졌다. 오셀로는 이 이야기를
듣고 통곡하며 후회한다. 그는 눈물을 흘리면서 스스로 목을 찔러 자결한
다. 이아고는 체포되어 끌려 나간다.

3) 리어 왕

　〈리어 왕〉은 홀린셰드의 〈연대기(Chronicles)〉와, 1594년경에 쓰여서
1605년에 간행된 〈리어 왕의 진정한 사기(True Chronicle History of King
Lear)〉(작자 불명)와 스펜서의 〈선녀 왕(Faerie Queene)〉, 시드니의 〈아카디아
(Arcadia)〉 등에서 그 소재를 얻어온 작품이다. 선악의 영원한 테마를 토대
로 하여, 인간의 여러 성격을 병적이며 심리적인 측면에서 규명하고, 인간
성의 그로테스크한 비극을 〈리어 왕〉만큼 예술적으로 심층적으로 그려나
간 극작품은 드물다. 리어 왕의 성격은 작품의 핵심을 이룰 뿐만 아니라 모

든 사건이 어쩔 수 없이 분출되는 근원이 된다. 성격들이 형성되어 사건이 전개되고, 그 사건 속에서 선과 악의 행동은 똑같이 파멸되었다. 코델리아의 죽음과 리어 왕의 광증, 글로스터의 육체적인 박해 등을 선의 낭비라고 생각한다면, 고네릴의 자살, 리건의 독살, 콘월의 살해, 에드먼드의 죽음 등은 악의 멸망이라고 생각해도 좋을 것이다. 셰익스피어는 선에게 궁극적인 승리를 주긴 했지만 악에 대항하기 위한 선한 여러 성격들의 의지는 너무나 박약했고, 그들의 행동은 맹목적이었다.

개인적 선에 가장 긴요한 미덕은 강력한 의지다. 개인적인 도덕적 이상이 확고하지 못하면 진정한 인격은 함양될 수 없다. 리어 왕의 박약한 의지와 맹목적인 아집은 선의 힘을 쇠퇴시킨 동시에 악의 유발을 촉진시켰고, 비극의 전주곡이 되었다. 이처럼 선이 악에 의하여 압도당하고 큰 피해를 입는 것을 보고, 스윈번은 리어 왕을 해석하는 데 있어서 숙명적 운명론을 강조했고, 브래들리는 비관론적 입장을 취했다. 그러나 〈리어 왕〉의 세계는 비극적 신음 소리가 광풍에 섞여 들리는 어두운 밤이기는 하지만 〈오셀로〉의 캄캄한 밤과 달리 찬란히 별이 빛나는 밤인 것이다.

우리는 이 작품에서 코델리아, 켄트, 에드거, 바보광대 등의 별이 높이 솟아 반짝이는 것을 본다. 리어 왕의 광증은, 그가 모순된 현실을 깨닫고 불완전한 자아를 확인했을 때 그 모순과 불완전성을 탐색하려는 신비한 노력이었다. 리어 왕과 코델리아가 순수한 사랑만으로 결합되기 위해 궁극의 힘은 온갖 희생을 강요했다. 그것은 선한 행위를 위하여 선 자체가 악으로 인해 겪는 고뇌와 같으며, 그 고뇌를 딛고 환희에 이르려는 눈부신 고투였다. 이 같은 고투가 있을 때 비로소 선 의식이 확고해진다.

궁극의 힘은 인간에게 시련을 안기며 숱한 싸움에서 패하게 하고 숱하게 많은 선한 인간을 죽일 수도 있다. 그러나 궁극의 힘이 존재하는 것은 선의 궁극적인 승리를 위해서다. 궁극의 힘은 인간에게 불안, 공포, 고통을 주면서 인간을 각성시킨다. 궁극의 힘은 인간으로 하여금, 여자의 정절을 믿어야 하는가(〈햄릿〉〈오셀로〉), 정치의 도의적인 결백성은 과연 있는 것이냐(〈줄리어스 시저〉), 여자들 간의 화합은 가능한가(〈리어 왕〉〈아테네의 타이몬〉) 등의 허다한 의문을 갖게 하여 인간을 시련 속으로 몰아 넣는다.

따라서 비극작품이 인간에게 주는 교훈은, 고통을 부정하지 말라는 것이다. 코델리아의 죽음은 이 궁극의 힘이 상징적으로 가장 강렬하게 표현된 형태라고 볼 수 있다. 선과 악의 투쟁 속에서 희생되는 코델리아의 죽음은 '세계의 해체와 붕괴'라는 이 작품의 주제를 가장 강렬하게 표현하고 있는데, '고통을 통해서 리어 왕이 정화되고 그의 비극적 위대성이 회복되는' 상대적 반응이 있었기 때문에 코델리아의 죽음은 해체와 붕괴를 통한 생의 완성일 수 있었던 것이다.

플롯 시놉시스

제1막 : 막이 열리며 켄트 백작, 글로스터 백작, 에드먼드 세 사람이 등장한다. 우렁찬 나팔 소리에 리어 왕이 등장한다. 그리고 세 딸들이 그 뒤를 따른다. 고네릴, 리건, 코델리아 세 자매들이다. 고네릴은 알바니 공작이 남편이요, 리건은 콘월 공작이 남편이다. 리어 왕은 왕국의 영토를 세 딸에게 분배하려고 한다. 딸들의 효성에 따라 영토를 결정하고 싶은 리어 왕은 딸들의 말을 듣고자 한다. 고네릴은 최대의 사랑을 호소하고, 리건도 푸짐한 찬사를 보낸다. 이들의 말에 만족한 리어 왕은 영토를 3분의 1씩 분배한다. 정직한 코델리아는 허황된 말을 하지 않는다. 리어 왕은 마음이 상해서 고함을 지른다. "너는 내 딸이 아니다. 영토 분배는 없다. 나가라!" 정직한 코델리아를 변호하던 켄트 백작에게도 추방령을 내렸다. 이 자리에는 버건디 공작과 프랑스 왕도 참석하고 있다. 이들은 코델리아 의 남편 후보들이다. 코델리아가 영토를 받지 못하자 버건디 공작은 사퇴한다. 그러나 프랑스 왕은 코델리아를 아내로 맞는다고 선언하면서 그녀의 손을 잡고 나간다.

글로스터 백작에게는 적자인 에드거와 사생아 에드먼드 두 아들이 있다. 에드먼드는 계략을 꾸며 자신이 집안을 승계하려고 한다. 그는 에드거로부터 받은 편지를 위조해서 부친이 올 때 읽는 척하다가 숨긴다. 글로스터는 묻는다. "지금 읽고 있는 것이 무엇이냐?" "아무것도 아닙니다." 편지 내용은 두 형제가 작당해서 부친의 재산을 가로채자는 것이었다. 그 편지를 읽은 글로스터 백작은 에드거의 배신을 증오하며 에드먼드에게 기대를 건다.

제2막 : 글로스터 백작은 부친의 암살을 기도한 에드거를 추적한다. 에드거는 신변의 위험을 느끼고 도주한다. 그는 거지꼴로 미친 사람 행세를 하면서 산야에 파묻혀 산다.

리어 왕은 장녀 고네릴의 집에 머문다. 고네릴은 리어 왕을 푸대접한다. 리어 왕의 가신들을 당초 100명에서 50명으로 줄이라고 한다. 한때 추방당한 충신 켄트 백작은 신분을 숨기고 변장해서 리어 왕을 돌보고 있다. 리어 왕은 고네릴의 곁을 떠나 리건의 집으로 간다. 고네릴은 집사 오즈월드를 리건에게 보내 서로 협력해서 리어 왕을 괴롭히려고 한다.

켄트 백작이 리어 왕의 도착을 알리는 사자(使者)로서 먼저 리건의 집에 도착하는데 리건과 남편 콘월 공작은 누추한 켄트 백작을 난폭자로 보고 족쇄를 채우고 가둔다. 리건의 집에 도착한 리어 왕은 자신의 신하가 족쇄를 찬 것을 보고 격분한다. 숱한 무례와 천대를 받은 리어 왕은 딸들의 집에 있지 못하고 미친 듯이 들판으로 나간다. 리어 왕에게는 어릿광대가 따라다니고 있다. 그는 시종 웃기는 말을 하면서 리어 왕에게 숱한 경고를 발설한다.

제3막 : 황야를 헤매는 리어 왕의 곁에는 어릿광대 한 사람과 충신 켄트가 변장하고 따라다니며 시중든다. 마침 그 시기에 프랑스군이 도버에 상륙했다. 켄트는 사람을 보내 군 진영에 혹시 코델리아가 있는지 수소문한다. 그는 리어 왕의 곤경을 알려서 구원을 요청하고자 했다. 어릿광대와 함께 황야를 헤매던 리어 왕은 폭풍을 피해 오두막 속으로 들어간다. 그곳에서 에드거를 만난다. 글로스터 백작도 리어 왕의 행방을 찾아 이곳에 온다. 그러나 백작은 에드거를 알아보지 못한다. 글로스터 백작은 리어 왕을 옹호하다가 리건과 콘월 공작의 비위를 건 드려 성에서 추방당해 방랑자가 되었다. 백작은 프랑스군에게 연락해서 리어 왕을 구출하고자 한다. 그 비밀을 그는 에드먼드에게 말했다. 에드먼드는 밀서를 들고 콘월 공작에게 간다.

글로스터 백작은 체포되어 리건과 콘월 공작 앞에 나타난다. 콘월 공작은 글로스터 백작의 두 눈을 칼로 찔러 뽑는다. 이 같은 잔악행위를 보고 하인 한 사람이 칼을 뽑아 콘월 공작에게 대들지만 역으로 그는 참살당한다. 콘월 공작도 이 때문에 상처를 입고 퇴장하지만 이 상처로 목숨을 잃는다. 이 시점에서 글로스터 백작은 에드먼드가 악당인 것을 알고 자신의 어리석음을 개탄한다.

　제4막 : 글로스터 백작은 두 눈을 잃고 황야를 배회하다가 아들 에드거를 만난다. 에드거는 두 눈을 잃은 노인이 자신의 아버지인 것을 알지만 자신의 신분을 속이고 노인을 친절하게 돌본다. 글로스터 백작은 에드거에게 부탁한다. "도버 해협으로 데려다 주오. 그곳에 가면 벼랑이 있다지."
　에드먼드는 여자를 농락한다. 고네릴과 리건 두 여자에게 추파를 던지는 것이다. 두 여자는 에드먼드를 두고 사랑싸움을 한다. 한편, 충신 켄트 백작이 코델리아에게 한 연락이 성공해서 편지가 전달되었다. 편지를 전달한 신사는 리어 왕의 참담한 소식을 접한 코델리아의 모습을 다음과 같이 전했다.

　　한두 번 '아버님!' 하고 소리 내어 부르셨지요. 가슴속 깊은 곳으로부터 애타게 터져 나오는 소리였습니다. 그러고는 '언니들, 언니들! 여성으로서 부끄러운 일이에요! 언니! 켄트! 아버님! 언니들! 폭풍우 속에서? 한밤중에? 이 세상엔 자비심도 없는가!' 하고 울부짖으셨습니다.

　프랑스와 영국의 싸움이 시작되어 프랑스군이 도버 해협을 건너 진군했다. 프랑스 왕은 본국에 급한 일이 생겨 급히 귀국했다. 도버 주둔군의 세력은 영국군에 비해 열등하다. 영국군 사령관은 알바니 공작이다.
　도버 해협에 도달한 글로스터 백작과 에드거도 큰일이다. 글로스터 백작은 벼랑에서 투신자살할 생각이다. 그는 이 일을 에드거에게 부탁한다. 에드거는 글로스터 백작을 벼랑 끝으로 데리고 가는 시늉을 한다. 눈이 안 보이는 글로스터 백작은 에드거의 말을 믿고 결심하고 뛰어내리는데 아무런 상처도 입지 않는다. 에드거는 언덕 밑으로 가서 딴 사람으로 변장한 뒤 백작을 도와 일으켜 세우며 기적이 일어나서 신의 은총으로 살아났다고 하면서 희망을 갖고 살아야 한다고 호소한다. 이 장면에서 리어 왕이 나타난다. 글로스터 백작과 에드거가 가까이 가서 보니 리어 왕은 미쳐 있다. 두 사람이 비탄에 빠져 있을 때, 충신 켄트와 밀사로 일했던 신사가 리어 왕을 찾아온다.

악당 패거리의 집사 오즈월드는 리건의 하수인이 되어 글로스터 백작을 죽이려고 나타났다가 에드거와 결투해서 참살당한다. 리어 왕은 코델리아의 진영에서 보호를 받으면서 의사의 치료를 받고 깊은 잠에 빠져 있다. 이윽고 리어 왕은 코델리아와 재회한다. 그러자 그는 광기에서 회복된다. 그러나 영국군의 공격이 임박했다. 영국군의 지휘를 맡은 사람은 에드먼드다. 고네릴과 리건이 그의 지시를 받고 있다.

제5막 : 프랑스군은 영국군에 패배한다. 리어 왕과 코델리아가 포로가 되어 감옥에 갇힌다. 에드먼드는 부하에게 두 사람을 암살하라고 명령한다. 알바니 공작과 고네릴이 있는 자리에서 과부가 된 리건이 자신의 새 남편으로 에드먼드를 선택했다고 공언한다. 고네릴은 이 선언에 반대한다. 남편이 있지만 그녀도 에드먼드를 택하고 싶은 것이다. 알바니 공작이 두 자매의 싸움에 끼어들면서 에드먼드의 죄악을 폭로한다. 이 때 나팔 소리가 나면서 전령이 전한다.

"우리 군대에 복무하고 있는 높은 지위의 명문 출신들 가운데, 글로스터 백작이라 불리는 에드먼드에 대하여 그가 대역죄를 범한 죄인임을 주장하고 싶은 자는 나팔 소리가 세 번 울릴 때까지 나서라. 에드먼드는 자신의 명예를 지킬 자신이 서 있다."

이 일은 에드거가 꾸민 작전이다. 이 말에 에드거가 등장한다. 그는 에드먼드에게 결투를 신청하고 싸운다. 에드먼드가 깊은 상처를 입고 쓰러진다. 이때 에드거는 자신의 신분을 밝힌다. 그는 부친 글로스터 백작이 자신의 팔에 안겨 서거했다고 전한다. 자신의 입장을 비관한 고네릴이 동생 리건을 독살한다. 또한 자신도 단검으로 가슴을 찌르고 자결한다. 코델리아는 이미 죽은 시체가 되어 리어 왕이 안고 나온다. 리어 왕의 애절한 대사가 이어진다.

"아니, 아니, 아니, 아니다! 어서 우리는 감옥으로나 가자. 둘이서 새장 속의 새들이 되어 노래를 부르자. 네가 나의 축복을 빌어주면 나는 무릎을 꿇고 너의 용서를 구하마. 그렇게 우리는 살아가자. 기도하고 노래하고 옛날 얘기를 나누며 금빛 나비들 보고 웃고 …(중략)… 이 세상 돌아가는 신비에 관해서, 우리는 신들의 밀사(密使)인 양 아는 척하며 지내자."

결투로 입은 상처 때문에 에드먼드는 사망하고, 리어 왕도 죽는다.

4) 맥베스

〈맥베스〉도 홀린셰드의 〈연대기〉에서 그 소재를 구했다. 〈맥베스〉는 창작 연대로 볼 때 〈리어 왕〉과 〈안토니와 클레오파트라〉 사이에 있다. 셰익스피어는 이미 〈로미오와 줄리엣〉 〈줄리어스 시저〉 〈햄릿〉 〈오셀로〉 그리고 〈리어 왕〉 등의 작품 공연으로 극작가로서의 지위가 확고해지고, 극작술이 원숙기에 접어들어 있었음을 알 수 있다. 〈오셀로〉가 극 후반에서 관객들에게 숨쉴 틈을 주지 않은 것과는 대조적으로 〈맥베스〉는 처음부터 중반에 이르기까지 관객을 긴장시키면서, 맥베스의 흉중을 살피게 한다. 처음의 마녀 장면에서, 마녀들이 지껄이는 주문과 맥베스의 대사를 통해 우리는 환상과 현실의 이중적 상황을 알게 된다. 맥베스가 국왕 살해의 흉계를 품고 한 걸음 한 걸음 목적 달성을 향하여 다가서는 숨 막히는 과정에서 긴장감이 고조되다가 드디어 살인이 행해질 때까지 우리는 마음을 놓을 수 없다. 전반부에 맥베스의 일거일동으로 집중되던 초점이 국왕 살해 후에는 여러 사건으로 확대되면서 맥베스의 몰락으로 귀결된다. 드라마 구성의 압축감과 긴밀성은 다른 비극작품에서 찾아볼 수 없는 탁월한 극작술이었다.

맥베스는 11세기 스코틀랜드에 실재했던 인물이었는데, 셰익스피어는 〈연대기〉와 역사적 사실, 전기 등을 자유롭게 참고하여 이 비극을 완성하였다. 이 작품은 〈햄릿〉과 〈오셀로〉와는 달리 현실과의 관련성이 큰 것으로 평가되고 있다. 화약 음모 사건(1605)의 재판 때 이 사건에 가담한 신부 헨리 가네트가 사용한 언어의 양의성(兩義性)을 마녀 예언에 도입하여 맥베스를 혼돈시킨 사례라든지, 가네트의 처형이 1606년 5월인데 〈맥베스〉의 공연은 같은 해 후반에 있었고, 이 사건의 표적이었던 국왕 제임스 1세는 밴쿠오의 후손이며 『악마론』의 저자이기도 한 점 등이다. 문제는 마녀의 정체가 무엇이냐 하는 점이 흥미롭다. 외부 세계의 인물인 고결한 맥베스에게 야심을 불어넣어 영혼을 지옥으로 타락시킨 것이 악마인가, 아니면 맥베스 자신의 야망이 투영된 환상인가 하는 점이다. 그러나 아무리 유혹을 한다 하더라도 맥베스 자신에게 그런 야심이 전혀 없었다면 살인이 가능하지 않았을 것이지만, 또 한편으로는 마녀를 만나지 않았다면 덩컨을 살해하려는 야망을 전혀 품지 않았을지도 모를 일이다. 그러나 맥베스는 운명적으로 마녀들을 만났으니, 그 순간부터 마녀의 지배를 받게 된다.

덩컨 왕의 살해는 맥베스를 악의 길로 인도하여 그를 파멸시킨다. 살해 직전에도 주저했고 살해 후에도 몹시 참회하며 겁에 떤다. 그러나 그는 다시 돌아설 수 없고 죄의 보상을 달리 받을 수도 없다. 일단 죄업의 길로 들어서다 보니 연속적으로 또 다른 죄를 저지르게 되는 함정에 빠진다. 이것도 죄를 의식적으로 저지르기 위한 행위가 아니라 자기 자신을 파멸로부터 보호하기 위한 방어 본능에서인 것이다. 밴쿠오에 대한 공포와 증오감이 그에게 살의를 품게 하는 경우를 보면 알 수 있다. 폭력을 통해 획득한 왕관을 보유하기 위해 그는 계속 악행을 거듭하는 폭군이 되고 만 것이다.

그러나 흥미로운 것은 셰익스피어가 맥베스를 살인마의 성격으로 창조하지 않았다는 점이다. 이것은 주인공에 대한 관객의 공감을 불러일으키자는 능숙한 극작술인데, 맥베스에게 악행을 행하게 하면서도 그에게 인간적인 약점이나 부드러운 인간성, 고결한 성품을 약간 부여하여 주인공에 대한 관객들의 혐오감을 억제시켜 극적 공감을 획득하도록 하는 수법인 것을 알 수 있다. 맥베스 부인을 과격한 악의 화신으로 성격을 창조하여 그와 대조시킨 의도도 이런 각도에서 생각해보면 쉽사리 수긍이 간다. 그러나 종국에 가서 맥베스 부인이 정신착란을 일으켜 자살하는 장면은, 셰익스피어가 악을 하나의 추상적인 개념으로 다루지 않고 살아 있는 인간 속에 구상화시키려 했던 노력을 엿볼 수 있다. 마녀 장면으로써 어두운 인간악의 상황을 강조한다든지, 극적 아이러니를 사용함으로써 극적 긴장감을 높이는 방법은 놀라운 수법이라 아니할 수 없다. 셰익스피어의 다른 어떤 작품보다도 〈맥베스〉는 대조의 체계적 방법을 극에 도입해서 큰 성과를 거두고 있는데, 이는 죽음과 생의 끊임없는 갈등을 주제로 삼고 있는 이 작품을 성공시킨 요인이기도 하다.

〈맥베스〉는 초자연적 환상의 의미 표출을 위한 극작술이 탁월한 작품일 수 있다. 마녀들과 밴쿠오의 망령 등이 등장해서 극 전개의 결정적 역할과 가능을 다하고 있는 장면은, 희곡에 있어서 초자연적인 요소가 어떤 극적 분위기를 조성하며 극적 행동의 동인이 될 수 있는가 하는 문제에 정확한 해답을 준 경우라 할 수 있다.

플롯 시놉시스

제1막 : 황야에서 세 마녀가 나타난다. 그들은 맥베스 장군을 기다리고 있다. 덩컨 왕은 맥베스 장군의 승전보를 계속 듣고 있다. 마녀들이 기다리는 장소에 개선하는 맥베스 장군과 밴쿠오가 지나간다. 마녀가 나타나서 맥베스 장군에게 "글래미스의 영주님"이라고 부른다. 두 번째 마녀는 "코더의 영주님"이라고 부른다. 세 번째 마녀는 "미래의 국왕"이라고 부른다. 맥베스는 이 말에 깜짝 놀란다. 밴쿠오가 이들에게 예언을 부탁하니, "국왕은 될 수 없지만, 자손이 왕위에 오른다"고 예언한다.

왕궁에 도착한 두 장군을 국왕은 눈물을 흘리며 환영한다. 그 자리에서 국왕은 왕자 맬컴을 태자로 책봉한다고 선언 한다. 이 말을 듣고 맥베스는 마녀들의 예언을 의심한다. 그래서 비상수단을 강구한다.

맥베스 부인은 마녀를 만난 이야기를 전하는 맥베스의 편지를 읽는다. 맥베스 부인은 몹시 흥분한다. 그때 사자(使者)가 와서 국왕의 방문을 알린다. 부인은 악행을 저지를 만한 용기가 없는 남편 대신 그녀 스스로의 결단력으로 대망을 실행할 결심을 한다.

맥베스의 성에 국왕 덩컨, 왕자 맬컴, 도널베인, 뱅쿠오 등이 도착한다.

맥베스는 왕의 신임을 받고 있기 때문에 왕을 살해하는 일에 양심의 가책을 느끼며 주저한다. 이를 눈치 챈 맥베스 부인은 남편의 우유부단함을 심하게 면박한다. 맥베스는 결국 국왕 살해를 결심한다. 이들은 왕의 종신들을 취하게 한 후 왕을 살해해서 그 죄를 종신들에게 뒤집어 씌울 계획을 짠다.

제2막 : 맥베스의 거대한 성의 안뜰. 한밤중, 뱅쿠오는 우연히 맥베스를 만나면서 마녀의 예언을 상기하지만 그 이야기는 서로 피한다. 뱅쿠오가 간 후, 맥베스는 공중에 단검이 걸려 있는 것을 본다. 그 단검에는 피가 묻어 있다. 맥베스는 그 단검이 자신의 행동을 암시하고 있다고 생각한다. 맥베스는 결국 왕을 살해한다. 그러나 그 죄악 때문에 맥베스는 미칠 지경이다. 하지만 맥베스 부인은 오히려 냉정하다. 맥베스가 자고 있는 종신에게 쥐여줄 단검을 부인이 직접 가져간다. 그 때문을 심하게 두드리는 소리가 들린다. 이 장면에서 맥더프와 레녹스가 등장한다. 맥베스는 맥더프를 왕의 침실로 안내한다. 그리고 왕의 암살이 발견되어 대소동으로 이어진다. 맥베스는 종신 둘을 살해하고 암살자는 종신들이라고 말한다. 맥베스 부인은 실신하고, 왕자 맬컴과 도널베인은 신변의 위험을 느껴 전자는 영국으로, 후자는 아일랜드로 망명하려고 결심한다.

성 바깥. 한 노인이 귀족 로스와 국왕 암살 전후에 일어난 천지 이변에 관해서 이야기하는 자리에 맥더프가 나타나 도망간 두 왕자가 암살의 혐의를 받고 있다는 것, 왕위는 맥베스가 계승하고 스쿤에서 즉위식이 거행된다는 소식을 전한다.

제3막 : 포레스 왕궁. 뱅쿠오는 마녀의 예언이 실현된 것을 보고, 그 자신의 예언도 성취된다고 믿고 있지만, 한편 맥베스도 뱅쿠오에 대한 예언에 신경을 쓴다. 그래서 그는 뱅쿠오 부자를 죽이려고 이들을 만찬에 초대하면 자객이 성 바깥에서 그들을 암살하도록 계략을 세운다.

왕궁. 왕위에 올랐지만 맥베스는 마음의 안식을 얻을 수 없다. 부인은 그의 허약한 마음을 질책한다. 왕궁의 앞뜰. 자객이 매복하고 있는 곳에 뱅쿠오와 그의 아들 플리언스가 말을 타고 온다. 자객이 뱅쿠오를 죽이는 순간, 플리언스는 도망친다. 왕궁 내의 홀. 맥베스를 둘러싸고 향연이 벌어지고 있다. 맥베스의 인사가 끝나갈 무렵, 자객이 그에게 와서 뱅쿠오는 죽였지만 아들 플리언스를 놓쳤다고 보고한다. 맥베스는 마음의 안정을 잃고 제정신이 아니다. 그는 자신의 좌석에 뱅쿠오의 망령이 앉아 있는 것을 보고 당황해서 광기가 발작한 다. 좌석에 앉은 일행들은 모두 어리둥절하여 놀라고 있다. 망령은 맥베스에게만 보인다.

황야. 천둥번개가 치는 가운데 마법의 여신 헤카테가 세 마녀를 만나 그녀를 제쳐놓고 맥베스에게 예언한 것을 질책한다. 헤카테는 환영을 보여주면서 맥베스를 파멸시키려고 한다.

왕궁. 레녹스와 던컨 왕의 암살, 뱅쿠오의 횡사, 그리고 그 배후자는 맥베스라는 말이 돌고 있다. 왕자 맬컴과 도널베인은 그곳으로 피신해 온 맥더프와 계략을 세워 영국 왕 에드워드의 힘을 빌리고 노섬벌랜드 후작의 원조를 얻어 부왕의 복수전을 치르기 위해 스코틀랜드 침공을 준비한다.

제4막 : 황야. 동굴 속, 헤카테와 세 마녀들을 만나러 맥베스가 온다. 그는 이들에게 자신의 운명을 묻고자 한다. 마녀의 예언이 시작된다. "맥베스여, 맥더프를 경계하라." "여자의 몸에서 태어난 자로서 맥베스를 해칠 자는 아무도 없다." "버남의 대삼림이 던시네인의 높은 언덕까지 쳐들어 오지 않는 한 맥베스는 패하지 않는다." 맥베스는 자신의 지위가 안전하다는 말에 위안을 느끼고 기뻐한다. 그러나 밴쿠오의 자손이 왕위에 오르느냐는 질문에 마녀의 예언 속에 밴쿠오의 망령이 나타난다. 맥베스는 그 뜻을 이해하고 격노한다. 마녀들은 사라진다.

이때 레녹스가 와서 맥더프가 영국으로 도주했다고 보고 한다. 맥베스는 맥더프의 성을 습격해서 그곳에 남아 있던 맥더프의 처자들을 살해할 결심을 한다. 이윽고 자객을 보내 맥더프의 아내와 아들을 살해한다.

영국. 왕궁 앞. 맬컴이 맥더프를 만나서 그가 믿을 만한 사람인가를 시험하고 있다. 그곳에 로스가 와서 맥더프 부인과 아들이 살해된 것을 전한다. 맥더프는 복수심에 불탄다. 일만 대군이 시워드 장군의 지휘 하에 스코틀랜드를 향해 진군한다.

제5막 : 던시네인성. 맥베스 부인은 몽유병자처럼 밤에 돌아다니고 있다. 그녀는 끊임없이 두 손을 비빈다. 핏자국을 없애려는 시도다. 던시네인성 부근. 레녹스와 멘티드 등이 영국군의 지원을 받아 진군을 계속하고 있다. 부인의 정신착란, 배반자들의 속출, 적군의 습격 등으로 맥베스는 반광란에 빠져 있다. 그는 거의 절망 상태다. 다만 맬컴이 여자의 몸에서 태어났다는 것, 버남의 숲이 움직이지 않는다는 것 등이 위안이 되고 있다.

버남의 숲 근처. 맬컴과 영국의 시워드 장군이 적병들을 혼란시키려는 작전으로 자신의 병사들에게 나뭇가지를 들고 진군할 것을 명한다. 던시네 성내. 맥베스에게 부인의 죽음이 전달된다. 그때, 버남의 숲이 움직이며 오고 있다고 전해진다. 맥베스는 최후가 임박한 것을 느낀다. 맥베스의 성이 함락된다. 맥더프는 맥베스를 만난다. 맥베스는 여자의 몸에서 난 아이는 무섭지 않다고 말한다. 맥더프는 자신은 어머니의 배를 가르고 나왔다고 말한다. 맥베스는 맥더프의 칼에 쓰러진다. 맬컴이 왕위에 오른다. 사람들은 스코틀랜드 만세를 부른다.

3. 셰익스피어를 어떻게 읽을 것인가?

1) 무대적 상황을 상상할 수 있어야 한다

셰익스피어를 쉽게 읽어내기 힘든 이유는, 셰익스피어와 현대인들 사이에 언어·사상·관습 그리고 연극적 인습의 차이가 있기 때문이다. 이 문제는 독자들이 노력만 하면 쉽게 극복할 수 있다. 작품에 붙은 주해나 해설 자료들, 그리고 방대한 양의 셰익스피어 연구서들은 이해의 장벽을 무너뜨리는 길잡이가 된다. 그의 비극작품을 이해하는 데 도움이 될 만한 참고서를 두 권만 들라고 한다면 나는 서슴지 않고 브래들리(A.C. Bradley)의 『셰익스피어 비극론(*Shakespearean Tragedy*)』(London, 1904)과 얀 코트의 『셰익스피어는 우리들의 동시대인(*Shakespeare Our Contemporary*)』(London, 1965)을 권하고 싶다.

우리는 셰익스피어의 작품을 읽을 때 작품의 다층적 구조 속에 잠재해 있는 의미의 다의성을 여러 각도로 해명해보도록 노력해야 한다. 그의 작품의 의미를 해명해주는 열쇠는 하나가 아니라 여러 개가 된다. 완전한 의미는 존재하지 않을지도 모른다. 그러나 한 가지 분명한 것은 작품을 감상하는 한 사람 한 사람이 자신의 열쇠 하나씩을 지니고 있어야 한다는 것이다. 그 열쇠를 들고 해명할 수 있는 신비의 문을 열어야 한다. 예컨대 〈햄릿〉 속에는 왕자 햄릿만 있는 것이 아니다. 음모가요 정략가며 왕권의 찬탈자이면서 형수를 차지한 클로디어스가 있고 햄릿의 어머니인 불행한 거트루드의 파탄에 빠진 정절이 있다.

햄릿의 명상적이며 염세적인 독백이 있는가 하면 복수를 맹세하는 잔혹한 언동이 있다. 오필리어의 이루지 못한 사랑과 죽음의 슬픔이 있고, 로젠크랜츠와 길든스턴의 계략과 배신이 있다. 호레이쇼의 충절과 우정이 있는가 하면 노회한 마키아벨리스트인 재상 폴로니어스가 있으며, 햄릿과 결투를 감행하는 그의 아들 레어티즈가 있다. 이토록 작중인물의 성격만 보아도 〈햄릿〉은 복잡한 작품임을 알 수 있다.

셰익스피어를 제대로 읽는 사람은 그가 발견한 극적 진실에 대하여 풍부한 상상력을 통해 민감하게 반응하고, 극적 상황 자체를 자신의 체험인 것처럼 받아들인다. 셰익스피어를 제대로 읽는 사람은, 희곡의 감상을 뛰어넘어 무대적 체험을 완성하는 관객의 입장을 받아들인다. 셰익스피어 시대의 희곡작품은 무대 형상화를 위한 텍스트에 불과했다. 그것은 한 편의 시나리오요 대본인 것이다. 연출가와 배우는 그 대본에 연극적 생명력을 불어넣는다. 셰익스피어를 제대로 읽는 사람은 눈으로 활자만을 읽지 않는다. 마음으로 무대를 그리면서 읽는다. 그는 연출가로서, 배우로서, 무대 미술가로서 — 이 모든 역할을 함께 지닌 사람으로서 작품을 읽는다.

희곡작품은 소설과 시와는 다르다. 희곡에는 활자화된 대본에 대한 우리들의 반응과는 전혀 다른 비언어적 표현 양상이 있다. 셰익스피어의 희곡작품을 읽었을 때에는 불분명하게 인식되던 사실들이 무대 속에서는 명백하게 전달되는 경우가 허다하다. 그래서 우리는 셰익스피어의 작품을 읽을 때 특히 무대 지시문에 주목할 필요가 있다. 상상력을 동원해서 치밀하게 읽으면, 우리는 희곡 속에 숨어 있는 공연적 자료로서의 대본을 발견하게 된다. 이 대본은 작품의 의미에 관해서 많은 것을 암시해주고 있다. 예컨대 〈리어 왕〉 제3막 7장의 글로스터의 고문 장면에서 육체적 상황의 지시라든지, 광중에서 차차 정상적 의식을 회복하는 리어 왕이 코델리아를 보고 "눈물을 흘리고 있느냐? 그렇군, 눈물이로군. 제발 울지 마라"(제4막 7장) 등에서의 제스처와 스테이지 액션의 암시 등은 생동감 넘치는 사실적 표현이라 할 수 있다. 뿐만 아니라 이 부분은 리어 왕과 그의 딸 코델리아와의 관계를 새로 정립하는 부분이어서 작품의 주제적 의미와 밀접한 연관을 맺고 있다.

〈코리올레이너스〉나 〈줄리어스 시저〉 〈로미오와 줄리엣〉 〈맥베스〉 〈햄릿〉 등의 개막 장면의 무대적 상황은 한결같이 작품의 주제를 상징적으로 암시하고 있다. 그것은 읽지 않아도 눈으로 보면 즉시 어떤 메시지가 전달되는 시각적 효과를 만들어내고 있다. 〈햄릿〉(제4막 7장)에서 레어티즈가 익사한 오필리어를 보고 "가엾은 오필리어. 물은 그만하면 충분할 테니,

나는 더 이상 눈물은 흘리지 않겠다"고 하는 대사에서 우리는 레어티즈가 울지 않으려고 애를 쓰면서도 눈물이 복받쳐 오르는 광경을 상상하게 된다.

이토록 셰익스피어의 텍스트는 제스처, 동작, 배우들의 연기적 앙상블 등에 관한 무궁무진한 지시와 암시로 가득 차 있다. 그것을 읽을 수 있느냐 없느냐 하는 것은 작품 감상에 큰 차이를 만들어준다. 대사 속에 있는 대명사, 부사 등도 분석해보면 대소도구의 실제적 사물과 동작과 무대 공간과 긴밀한 연관이 있음을 알 수 있다. 〈햄릿〉에서 폴로니어스가 클로디어스 왕에게 햄릿 왕자와 오필리어의 사랑 관계를 알려줄 때 그는 그의 말을 강조하는 제스처를 하게 된다. "만일 제 말에 어긋남이 있다면, 이것과 이것을 분리시켜주십시오."(제2막 2장)라고 말하는데, 우리가 '이것'이 지시하는 명사를 알지 못하면 이 대사를 전혀 이해할 수 없게 된다. 이때 제스처는 머리와 어깨를 가리키는 것이다. 즉 "제 어깨로부터 머리를 잘라내십시오"라는 뜻이 된다.

셰익스피어의 작품 속에서 사용되고 있는 소품도 아주 중요한 연극적 기능을 수행하고 있다. 그 한 가지 예가 〈오셀로〉에 나오는 데스데모나의 '손수건'이다. 이 '손수건' 하나 때문에 오셀로 장군의 파멸이 발생했기 때문이다. 무대의상도 마찬가지다. 셰익스피어 시대에도, 무대미술에 있어서 장치는 허술하고 간혹 생략될 수도 있다 하더라도 의상만은 완벽하게 갖추었다. 의상은 무대의 선이요 색채요 작중인물의 성격이었다. 의상에 의해서 작중인물의 역할이 관객에게 전달되었다. 더욱이 엘리자베스 시대에 의상은 동족과 사회계층과 직업의 표상이 되었다. 〈로미오와 줄리엣〉에서 캐퓰리트 집안과 몬태규 집안을 시각적으로 구분 짓는 유일한 방법은 의상이었다. 특히 무대에서 서로 대립하고 갈등하는 집단들의 반목과 증오를 보여주는 방법이 의상이었다. 〈템페스트〉의 제2막 1장에서 "에리얼이 눈에 보이지 않게 등장한다"라는 지문이 있다. 제3막 3장에서 프로스페로도 '눈에 보이지 않게' 등장한다는 지문이 있다. 그러나 이 두 인물은, 관객에게는 그 모습이 보여야 한다. 무대 위의 등장인물에게만 보이지 않을 뿐이다. 이들의 의상을 다른 등장인물과 어떻게 구분 짓고, 그 '보이지 않는' 특징을 관객들에게 어떻게 전달하느냐 하는 문제는 연출자의 중요한 과제라 하지 않을 수 없다. 독자들은 그 의상을 상상할 수 있어야 한다. 〈한여름 밤의 꿈〉에 등장하는 퍽도 오베론의 명령을 수행하기 위해서 스스로의 모습을 숨기고 다녀야 한다.

〈햄릿〉의 망령이나 〈맥베스〉의 마녀들에게 어떤 의상을 입혀서 이들의 초자연적 특성을 표출하느냐 하는 문제에 대해서도 독자들은 텍스트를 읽으면서 상상해볼 수 있어야 한다. 셰익스피어의 작품에서 전투 장면이 벌어질 때, 이상하게도 화려하게 잘 입은 군대 쪽이 한결같이 패배하게 된다. 역사극의 무대에서는 이 문제도 소홀히 넘길 수 없는 디테일이다. 이같은 디테일을 낱낱이 살펴 건져올리고 음미하면서 작품을 읽는다는 것은 여간 흥미로운 일이 아니며, 이 일은 작품 감상에 큰 도움을 준다. 〈리어왕〉에서 의상의 이미저리는 실상과 허상의 주제적 의미를 부각시키고 있기 때문에 중요하며, 〈맥베스〉에서도 의상의 이미저리는 작중 인물의 심리적 상태와 성격의 특징을 표현하는 일에 사용되고 있다.

셰익스피어 극에서는 음향이나 음악도 중요한 기능을 다하고 있다. 〈줄리어스 시저〉에서 시저를 환호하는 군중들의 함성은 시저의 정치적 야심의 간접적 표현이 되고 있다. 〈리어 왕〉의 폭풍 장면에서 자연의 폭풍은 리어 왕의 마음속에 일고 있는 분노의 격정을 나타내고 있다. 천둥·번개·바람 등이 불러일으키는 소리는 곧 인간 내면의 소리가 된다. 그 소리는 모두 연극화된 소리다. 소리는 또한 시간의 흐름을 나타내는 일에도 사용되고 있다. 엘리자베스 시대의 극장은 일부 야외극장의 형태인데, 공연은 오후 시간에 진행되었다. 해가 뜨겁게 내리쬐는 한낮에도 〈로미오와 줄리엣〉의 낭만적인 달밤의 장면을 보여주지 않으면 안 된다.

밤이 새벽이 되는 시간의 흐름을 또한 나타내 주지 않으면 안 된다. 이때 새소리 등을 포함해서 시간의 경과를 알리는 청각적 이미저리를 사용하게 된다. 셰익스피어의 텍스트에는 지문과 대사를 통해 이 일이 가능하도록 만들어주는 언어가 있다. 그 언어의 무대적 기능을 모르고 넘어갈 때 우리는 셰익스피어를 제대로 읽었다고 할 수 없다. 물론 당대 셰익스피어의 무대에서는 시간의 경과나 낮과 밤의 차이를 알리기 위해 소리 이외에도 횃불, 촛불이나 등잔불의 도구를 사용하기도 했다. 종소리의 사용도 효과적이었다. 〈햄릿〉 제1막 1장에서 한밤중을 알리는 종소리가 들리는 것도 그 한 예라 할 수 있다. 지문에 '닭 울음소리 들려온다' 는 것이 있다. 이는 닭이 새벽을 알리면서 망령이 퇴장하는 시간을 암시해주고 있다.

2) 셰익스피어 시대의 무대적 인습을 알아야 한다

연극은 무대와 관객 사이의 약속으로 진행된다. 무대와 관객은 픽션을 상상적 진실로 수락하는 일에 서로 동의하고 있다. 엘리자베스 시대의 무대적 인습은 그 원리에 있어서 현대연극의 무대와 다를 바 없다. 인습은 무대 형상화 방법에서 생겨났다. 왜냐하면 무대적 방법이란 어떤 한계상황에 직면하지 않으면 안 되기 때문이다. 전기가 발명되기 이전에 무대에서 표현된 밤의 시간도 그것은 양쪽의 약속을 전제로 한 것이었다.

엘리자베스 시대의 무대에서 지적될 수 있는 첫번째 중요한 인습은 여자 역할을 소년 배우가 담당한다는 것이었다. 그런 까닭에 셰익스피어는 현대연극의 경우와는 달리, 여자 역할의 연기적 범위를 축소하는 착상을 하게 되었다. 외관상의 매력을 제시하기보다는 될수록 언어의 힘에 의존해서 여성스러움을 표현한다든지, 또는 육체적 사랑의 행위 등의 장면을 될수록 축소하거나 제외하였다. 따라서 셰익스피어 작품에 있어서 여성의 성격은 남성보다도 더 지혜롭고 활기차고 침착하게 묘사되고 있다.

셰익스피어는 여성의 성격에 미모와 여성적 매력 이외에 또 다른 특성을 부여하여 그 인물의 호소력을 강화시키고 있다. 이 점에서 셰익스피어 희극의 특성으로 지적되고 있는, 변장을 통한 인물의 전환, 성의 전환을 음미해볼 수 있고, 그 연기적 용이성도 긍정할 수 있다.

두 번째 중요한 인습은 독백과 방백의 인습이다. 이 방법을 통해 작중인물은 인물들 상호 간의 대화를 통하지 않고서도 관객에게 직접 말을 할 수 있게 되었다. 엘리자베스 시대에 유행한 이 같은 방법은 메시지 전달방법이 대화의 구속으로부터 벗어나는 형식인데, 미국의 작가 유진 오닐도 양심과 죄의식의 내면적 목소리를 관객에게 전달하는 방법으로 독백과 방백을 그의 극작술에 대폭 도입하고 있다. 셰익스피어 시대의 에이프런 무대 (apron stage) 구조는 이 기법의 사용을 더욱 효과적으로 만들었을 것이라고 짐작된다.

독백은 셰익스피어의 악역들이 즐겨 사용하는 방법이다. 〈오셀로〉에서의 이아고의 독백은 그 대표적 경우라 할 수 있다. 〈햄릿〉에서도 햄릿 왕자의 독백장면은 그가 클로디어스와 대결하는 증오심이 최고조에 도달하는 장면인데, 평상시 대사를 통해 제시되는 햄릿의 모습과는 다른 성격적 측면을 보여준다. 또한 햄릿의 독백은 무대적 상황의 진행과도 밀접하게 연관되고 있다는 것을 알아야 한다. 그 순간 그 장면은 독백 이외에 다른 방법이 없거나, 독백에 의하지 않고는 극적 분위기가 고조되지도 않을뿐더러 다음 장면으로의 전환과 발전의 필연성도 생기지 않는 경우이다.

방백은 진실을 토로하는 기능을 지니고 있다. 방백은, 작중 인물이 관객의 이해와 협조를 요청하면서 관객을 극 속으로 끌어들이는 기술인데, 가령 〈리어 왕〉 제1막 1장에서 코델리아가 하는 방백 "코델리아는 뭐라고 말해야 좋담?" 이라든지 "다음은 가엾은 코델리아 차례로군!……" 등은 코델리아의 내면적 목소리의 전달인데, 이같이 억제되어 외부로 발설되지 못한 마음이 일단 관객들에게만은 전달되어야 코델리아와 고네릴, 리건 세 자매의 성격적 차이가 확실해질뿐더러 다음으로 이어지는 "아무 할 말이 없습니다" 그리고 계속 이어지는 "없습니다"의 진의가 관객에게 쉽게 전달될 수 있다. 코델리아는 어떤 행위에 대한 비판적 언어 행위로써 방백의 방법을 효과적으로 사용하고 있다. 방백은 언제나 갑자기 튀어나오기 때문에, 앞뒤가 뒤엉키는 플롯상의 불일치와 부조화가 발생되지만, 극작가의 대담한 표현의 자유를 보장해주는 극작술상의 기교가 되면서 동시에 불필요한 설명적 대사를 제거할 수 있는 이점 때문에 셰익스피어는 이 방법을 그의 작품 속에서 즐겨 사용하고 있다. 〈햄릿〉에서의 방백의 사용은 돌연히 시작됨으로써 극적 흐름의 조화가 깨어지지만, 이 때문에 오히려 작중 인물의 마음 상태가 강렬하게 제시되고 표현되고 있어서 강렬한 연극적 효과가 달성된다. 클로디어스의 돌연한 기도장면은 클로디어스의 악행이 극명하게 표현되고 있는 장면이다. 그리고 양심의 아픔과 쓰라림이 고백적으로 전달되는 장면이기도 하다.

　오필리어와 햄릿이 밀회하는 장면을 숨어서 지켜보고 있는 클로디어스가 폴로니어스의 말을 듣고, "아, 참으로 옳은 말이로다. 그 말이 채찍처럼 내 양심을 치는구나" 고 방백을 통해 말한다. 이 같은 고백적 방백은 클로디어스가 극중극 장면 이전에 보여주기 때문에 극의 구조상 유익하다고 할 수 있다. 방백은, 악역들에게는 그들의 죄를 관객에게 전달하면서 스스로 변명을 늘어놓을 수 있는 편리한 방법이다. 그러나 셰익스피어는, 그러면서도 악역들이 죄의식 때문에 번민하고 고뇌하는 모습을 관객들에게 전달하는 것을 잊지 않았다. 그래서 방백은 비평적 아이러니의 기능이 되기도 한다.

　셰익스피어의 여주인공들은 너무나 순결하고 아름답다. 오셀로의 질투심은 데스데모나의 부정(不貞) 때문이 아니라는 대전제가 비극 〈오셀로〉의 감상에는 필수적이다. 그러기 위해서 데스데모나는 더욱 순결하게, 그리고 아름답게 묘사되어야 한다. 데스데모나는 실제로 도덕적으로 타락한 여성이 아니다. 오셀로가 이아고의 간계에 빠져, 부질없는 질투심으로 데스데모나의 순결을 믿지 못하고 있을 뿐이다. 그래서 비극인 것이다.

　〈햄릿〉의 오필리어를 보자. 그녀 역시 순결하고 단순하고 아름답다. 셰익스피어는 오필리어를 정치적 음모나 도덕적 타락의 구렁텅이에 빠지지 않도록 그녀를 보호하고 있는 듯하다. 그녀를 이토록 순진하고 결백한 여인으로 표현하면 할수록 폴로니어스, 클로디어스 그리고 거트루드 등의 도덕적 타락은 대조적으로 강조된다. 오필리어의 죽음에 대한 거트루드의 대사는 오필리어의 아름다움을 찬양하는 한 편의 시(詩)가 된다. 이와 같이 셰익스피어의 작품에 등장하는 여주인공들의 아름다운 인간상이, 직접적인 행위가 아닌 간접적이며 객관적인 언어 묘사를 통해 표현된다는 사실은 엘리자베스조 시대의 연극적 인습을 이해할 때 충분히 납득되고 수긍되리라 생각된다.

이태주

연도	윌리엄 셰익스피어	시대 배경
1564 (0세)	4월 23일 출생. 4월 26일, 존과 메리의 장남으로서 세례 받음.	C. 말로 탄생. 갈릴레오 탄생. 미켈란젤로 사망.
1565 (1세)	7월 4일 존, 스트랫퍼드 시참사위원(alderman)으로 피선(被選). 9월 12일 임명.	『지혜의 보고』의 저자 프랜시스 미아즈 탄생.
1566 (2세)	10월 13일, 존과 메리의 차남 길버트 세례.	해군대신극단 대표배우 에드워드 아렌 탄생.
1568 (4세)	9월 4일 존, 스트랫퍼드 시장(bailiff)에 선출됨.	메리 스튜어트 폐위. 영국에서 유폐됨.
1569 (5세)	4월 15일, 존과 메리의 다섯 번째 아이 조앤(Joan) 세례.	여왕극단, 우스터백작극단 스트랫퍼드에서 공연.
1571 (7세)	이즈음 윌리엄은 문법학교 킹즈 뉴 칼리지에 입학. 9월 28일 4녀 앤 세례 받음.	윌리엄 세실 경, 벌리 경이 됨.
1574 (10세)	3월 11일, 존과 메리의 일곱째 아이 리처드 세례. 전염병으로 런던 공연 금지.	5월 10일 레스터경극단이 왕실의 후원을 받음.
1575 (11세)	존, 스트랫퍼드에 정원과 과수원이 있는 두 채의 집을 40파운드로 구입. 윌리엄은 아마도 케닐워스의 축제를 봤을 것이다. 〈한여름 밤의 꿈〉에 반영되어 있다.	7월, 엘리자베스 여왕, 케닐워스 성 방문.
1576 (12세)	존, 문장(紋章) 허가 신청. 이때부터 존은 마을의회 결석이 잦음. 군비 의연금도 미납.	제임스 버비지의 상설극장 '시어터(The Theatre)'가 쇼어디치에 건립됨.
1577 (13세)	존, 이때부터 재정적 어려움 때문에 공식회의 불참.	커튼극장 건립. 홀린셰드, 『연대기』 초판 발행.
1578 (14세)	11월 14일, 존은 부인의 유산 일부인 윌름코트의 집과 토지를 담보로 의형 에드먼드 란바트의 돈 40파운드 차입.	8월 24일, 존 스톡우드가 설교 중에 극장 비난.

연도	윌리엄 셰익스피어	시대 배경
1579 (15세)	4월 4일, 4녀 앤 매장. 존, 스니타필드의 토지를 4파운드에 매각.	노스 역 『플루타르크영웅전』 출판. 존 플레처 탄생.
1580 (16세)	5월 3일, 4남(여덟 번째 아이) 에드먼드 세례. 존, 치안유지법 위반으로 20파운드의 벌금 지불.	『영국연대기』 출판.
1581 (17세)	8월 3일, 랭커셔에 사는 알렉산더 호턴의 유언장에 '배우 윌리엄 셰익스피어'에게 연금 2파운드를 남긴다는 기록이 있음. 윌리엄의 이름이 최초로 문서에 기록.	10월, 6세의 헨리 리즐리가 3대째의 사우샘프턴 백작이 됨.
1582 (18세)	11월 27일, 윌리엄, 8세 연상의 앤 해서웨이와 결혼.	버클레이경극단, 스트랫퍼드에서 공연. 에든버러대학 창립
1583 (19세)	5월 26일, 윌리엄과 앤의 장녀 수재나 세례.	옥스퍼드백작단, 우스터백작극단 등이 스트랫퍼드에서 공연.
1585 (21세)	2월 2일, 쌍둥이 햄닛과 주디스 세례.	제임스 버비지, 커튼극장의 경영권 장악.
1586 (22세)	9월 6일, 존, 시위원에서 해임. 윌리엄, 런던행(?).	여왕극단, 레스터백작극단이 스트랫퍼드에서 공연.
1587 (23세)	6월 13일에 발생한 상해 사건으로 결원을 채우기 위해 윌리엄이 여왕극단에 가입한 가능성 있음.	헨슬로, 로즈극장 건립. 홀린셰드, 『연대기』 제2판 간행.
1588 (24세)	윌름코트 토지가옥 변제를 청구하면서 윌리엄이 란바트에 소송 제기.	레스터 백작 사망. 영국 해군, 스페인 무적함대 격파. 리처드 탈턴 매장(9월 3일).
1589 (25세)	윌리엄, 스트랑경극단과 해군대신극단이 합병해서 만든 극단에 관계함.	로버트 그린의 『Menaphon』에 쓴 토머스 내시의 서문에 〈원햄릿(Ur-Hamlet)〉이 언급됨.
1592 (28세)	윌리엄 그린의 책 『문(文)의지혜』 (9월 20일 출판등록)에서 윌리엄을 비난하는 문구 '벼락출세한 까마귀(upstartcrow)' 발견.	6월, 극장 폐쇄. 9월 3일 그린 사망. 에드워드 알레인, 헨슬로의 양녀와 결혼해서 헨슬로와 동업자가 됨.

연도	윌리엄 셰익스피어	시대 배경
1593 (29세)	사우샘프턴 백작에게 〈비너스와 아도니스〉 헌정. 출판등록 4월 18일. 같은 해에 4절판으로 등록. 〈타이터스 앤드로니커스〉 집필. 〈말괄량이 길들이기〉 집필. 〈루크리스의 능욕〉 집필.	극작가 크리스토퍼 말로 살해당함(5월 30일). 전염병으로 윌리엄이 소속된 펜브루크백작극단이 어려움을 겪음.
1594 (30세)	윌리엄, 궁내대신소속극단에 단원으로 참가. 〈타이터스 앤드로니커스〉 출판 등록(2월 6일). 동년에 양(良)사절판으로 출판. 로즈극장에서 공연(1월 23일). 〈헨리 6세 2부〉 출판 등록(3월 12일). 동년에 악(惡)사절판 출판. 〈루크리스의 능욕〉 출판 등록(5월 9일). 동년 양사절판으로 출판. 〈실수 연발〉 그레이 법학원에서 공연(12월 28일). 〈베로나의 두 신사〉 집필. 〈사랑의 헛수고〉 집필. 〈로미오와 줄리엣〉 집필. 〈말괄량이 길들이기〉 공연(6월 13일).	1592년부터 이래로 폐쇄되었던 정규공연이 6월에 시작됨. 스트랫퍼드 대화재(9월 22일). 헨리 거리의 셰익스피어의 가옥도 피해를 입음. 펜브루크백작극단 해체(12월 28일). 6월 7일에 유대인 의사 로더리고 로페즈가 여왕 암살 용의로 처형됨.
1595 (31세)	3월 15일에 전년 12월의 어전공연에 대한 지불명부에 20파운드의 액수와 간부단원 윌리엄의 이름이 기록됨.	9월, 스트랫퍼드 화재. 〈리처드 2세〉 또는 〈리처드 3세〉 공연(12월 9일). 프랜시스 랭글리, 펜브루크백작극단의 본거지인 스완극장 건립.
1596 (32세)	8월 11일, 장남 햄닛 매장(11세). 10월 20일에 존, 문장 사용 허가받음. 윌리엄, 비숍게이트의 세인트헬렌에 거주(10월).	스완극장에서 네덜란드의 관광객 한니스 드 위트가 관객을 3천명으로 추산. 2월 4일에 제임스 버비지가 블랙프라이어즈극장을 600파운드로 구입.
1597 (33세)	5월 4일에 윌리엄, 스트랫퍼드에서 가장 아름답고 두 번째로 큰 '뉴 플레이스' 저택을 60파운드에 구입. 〈윈저의 즐거운 아낙네들〉 공연(4.22~23). 〈리처드 2세〉 출판등록(8.29). 동년 양사절판 출판. 〈리처드 3세〉 출판 등록(10.20), 동년 양과 악의 중간사절판 출판. 〈헨리 4세 1부, 2부〉 집필(1597~1598). 〈사랑의 헛수고〉 공연.	2월 2일 제임스 버비지 매장.

연도	윌리엄 셰익스피어	시대 배경
1598 (34세)	〈헨리 4세 1부〉 출판 등록(2.25). 출판. 〈베니스의 상인〉 출판 등록(7.22). 윌리엄, 벤 존슨의 〈각인각색〉에 출연(9.20 이전). 〈사랑의 헛수고〉 양사절판 출판(12월). 〈헛소동〉 집필(1598~1599). 〈헨리 5세〉 집필(1598~1599)	재상 윌리엄 세실 사망. 프랜시스 미어스의 수기 『지식의 보고』 출판(9.7). 이 책에는 윌리엄에 관한 여러 가지 언급이 있음.
1599 (35세)	2월 21일, 윌리엄, 주주의 한 사람으로서 글로브극장 건설 운영에 관한 계약서 작성. 세인트 헬렌에 보관된 세금 관계 서류에 윌리엄의 이름이 있음. 글로브극장 개장. 〈줄리어스 시저〉 집필. 글로브극장에서 공연(9.21). 〈로미오와 줄리엣〉 양사절판 출판. 〈당신이 좋으실 대로〉 집필(1599~1600). 〈십이야〉 집필(1599~1600).	시인 에드먼드 스펜서 사망. 풍자문학 금지(6.1). 에식스 백작의 아일랜드 원정 실패.
1600 (36세)	〈당신이 좋으실 대로〉 등록(8.4), 출판 보류. 〈헛소동〉 등록(8.4). 양사절판 출판(10월). 〈헨리 4세 2부〉 등록(8.23). 양사절판 출판. 〈헨리 5세〉 등록(8.23). 악사절판 출판. 〈한여름 밤의 꿈〉 등록(10.8). 템스강 남안(南岸) 크린크 지구 납세자 리스트에 13실링 4펜스 미납 기록.	동인도회사 설립. 헨슬로, 520파운드를 들여서 포춘극장 건립.
1601 (37세)	부친 존 사망. 9월 8일 매장. 궁내대신극단이 에식스 백작 일당의 요청에 의해 왕위 찬탈극 〈리처드 2세〉 글로브극장에서 공연(2.7). 〈십이야〉 궁전에서 공연(1.6). 〈햄릿〉 집필(1601~1602). 〈트로일로스와 크레시다〉 집필(1601~1602).	2월 8일, 에식스 백작, 런던에서 반란 일으키다 체포되어 사형됨(2.25). 사우샘턴 사형 면함.
1602 (38세)	5월 1일 윌리엄, 스트랫퍼드에 107에이커의 토지를 320파운드로 구입. 윌리엄, 런던 크리플게이트에 하숙. 〈윈저의 즐거운 아낙네들〉 등록(1.18). 악사절판 출판. 〈햄릿〉 등록(7.26). 〈끝이 좋으면 다 좋다〉 집필(1602~1603).	

연도	윌리엄 셰익스피어	시대 배경
1603 (39세)	5월 19일, 궁내대신극단이 국왕극단이 되다 (5.19). 〈트로일로스와 크레시다〉 등록(2.7). 〈햄릿〉 악사절판 출판.	엘리자베스 여왕 사망(3.24). 튜더 왕조 끝남. 제임스 1세 즉위하여 스튜어트 왕조 출범. 3월 19일 전염병으로 극장 1년간 폐쇄.
1604 (40세)	〈오셀로〉 집필. 11월 1일 궁정에서 공연. 〈자에는 자로〉 집필(1604~1605). 12월 26일 궁전에서 공연. 〈햄릿〉 양사절판 출판. 〈윈저의 즐거운 아낙네들〉 궁정에서 공연(11.4).	4월 9일, 극장 개관. 제임스 1세 스페인과 화평 체결.
1605 (41세)	국왕극단이 〈헨리 5세〉를 궁정에서 공연(1.7). 국왕극단이 〈베니스의 상인〉을 궁정에서 공연(2.10). 〈리어 왕〉 집필(1605~1606).	11월 15일, 가이 포크스의 의사당 폭파 음모사건(화약음모사건) 발각. 레드불극장 개관.
1607 (43세)	6월 5일 장녀 수재나, 의사 존 홀과 결혼(6.5). 〈리어 왕〉 출판등록(11.26). 〈코리올레이너스〉 집필. 〈아테네의 타이몬〉 집필. 〈맥베스〉 아마도 햄프턴코트에서 덴마크 왕 크리스찬 4세 방문을 기념해서 공연(8.7). 〈햄릿〉 영국 함선 드래곤호 선상에서 공연. 12월 31일 윌리엄의 동생 배우 에드먼드 셰익스피어 매장(12.31).	7월~11월, 전염병으로 극장 폐쇄.
1608 (44세)	수재나의 장녀 엘리자베스 출생(2.8.세례). 모친 메리 사망(9.9. 매장). 〈안토니와 클레오파트라〉 등록(5.20). 〈리어 왕〉 양과 악의 중간판본 출판. 〈페리클레스〉 집필(1608~1609), 등록(5.20).	시인 존 밀턴 출생. 8월 9일, 국왕극단이 블랙프라이어즈 극장 임대권 매입.
1610 (46세)	윌리엄, 고향에 은퇴. 〈겨울 이야기〉 집필(1610~1611).	2월, 제임스 1세 의회 폐쇄.
1611 (47세)	〈심벨린〉 관극(4월 하순) 기록(점성가 사이먼 포맨). 〈겨울 이야기〉 글로브극장에서 공연(5.15). 〈템페스트〉 집필(1611~1612). 동년 궁정에서 공연(11.1).	흠정(欽定)영역성서 출판.
1612 (48세)	〈헨리 8세〉 집필(1612~3).	태자 헨리 사망.

연도	윌리엄 셰익스피어	시대 배경
1613 (49세)	2월 4일 동생 리처드 매장. 런던 블랙프라이어즈 지구에 140파운드를 들여 게이트 하우스(Gate-House) 구입.	〈헨리 8세〉 공연 중(6.29) 글로브극장 소실. 곧 재건립 착수.
1614 (50세)	글로브극장 6월 준공(1400파운드 소요됨).	호프극장 건립.
1615 (51세)	〈리처드 2세〉(제5쿼토판) 출판(90월).	조지 채프먼이 호메로스의 『오디세이』 완역.
1616 (52세)	1월 26일경, 윌리엄 유언장 작성. 차녀 주디스가 토머스 퀴니와 결혼(2.10). 유언장 수정, 서명(3.25). 4월 23일 윌리엄 셰익스피어 사망. 스트랫퍼드 홀리 트리니티교회에 매장(4.25). 11월 23일, 토머스와 주디스의 아들 셰익스피어 세례. 『루크레스의 능욕』 출판.	1월 6일 헨슬로 사망.
1623	8월 6일, 윌리엄의 아내 앤 사망(67세). 11월 8일 윌리엄의 전집 첫 폴리오판이 셰익스피어의 동료배우들인 존 헤밍스와 헨리 콘델에 의해 출판.	

셰익스피어 가계도

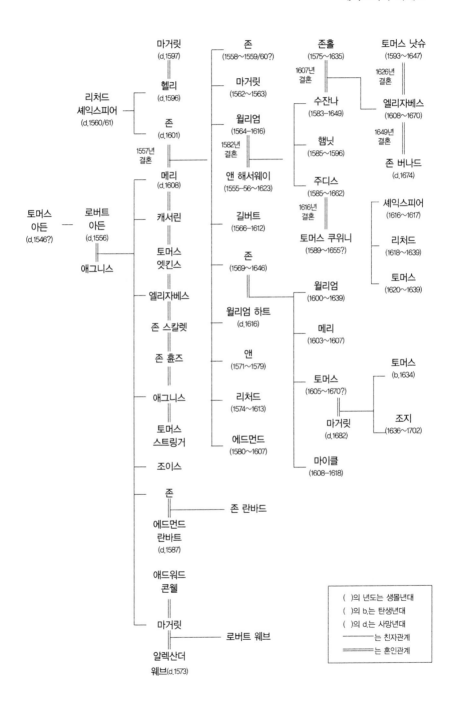

마거릿
(d.1597)

헬리
(d.1596)

리처드
셰익스피어
(d.1560/61)

존
(d.1601)

1557년
결혼

존
(1558~1559/60?)

마거릿
(1562~1563)

윌리엄
(1564~1616)

1582년
결혼

앤 해서웨이
(1555~56~1623)

존홀
(1575~1635)

1607년
결혼

수잔나
(1583~1649)

햄닛
(1585~1596)

주디스
(1585~1662)

1616년
결혼

토머스 쿠위니
(1589~1655?)

토머스 낫슈
(1593~1647)

1626년
결혼

엘리자베스
(1608~1670)

1649년
결혼

존 버나드
(d.1674)

셰익스피어
(1616~1617)

리처드
(1618~1639)

토머스
(1620~1639)

토머스
아든
(d.1546?)

로버트
아든
(d.1556)

애그니스

메리
(d.1608)

캐서린

토머스
엣킨스

엘리자베스

존 스칼렛

존 휴즈

애그니스

토머스
스트링거

조이스

길버트
(1566~1612)

존
(1569~1646)

윌리엄 하트
(d.1616)

앤
(1571~1579)

리처드
(1574~1613)

에드먼드
(1580~1607)

윌리엄
(1600~1639)

메리
(1603~1607)

토머스
(1605~1670?)

마거릿
(d.1682)

마이클
(1608~1618)

토머스
(b.1634)

조지
(1636~1702)

존

에드먼드
란바트
(d.1587)

존 란바드

애드워드
콘웰

마거릿

알렉산더
웨브(d.1573)

로버트 웨브

( )의 년도는 생몰년대
( )의 b.는 탄생년대
( )의 d.는 사망년대
────는 친자관계
════는 혼인관계

장미전쟁 역사극의 가계도

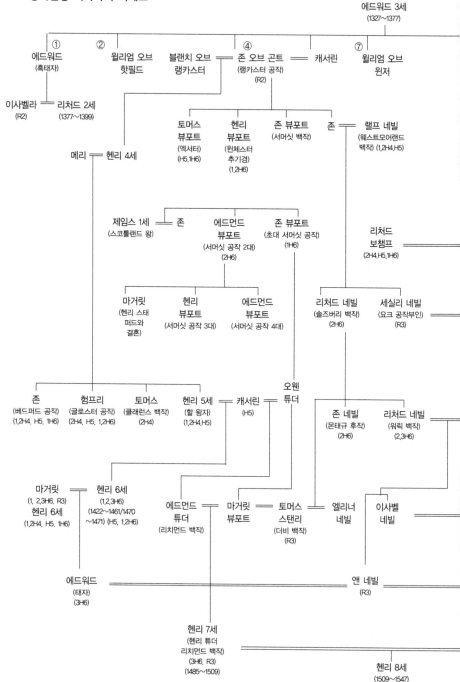

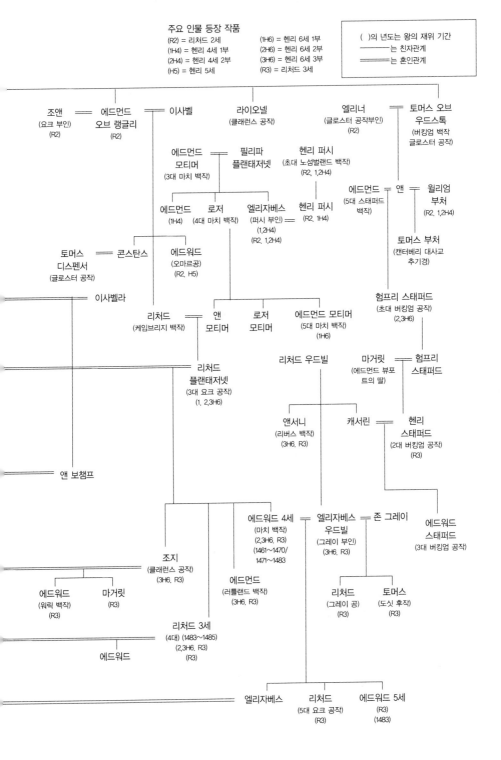

영국 왕가 족보 (1)

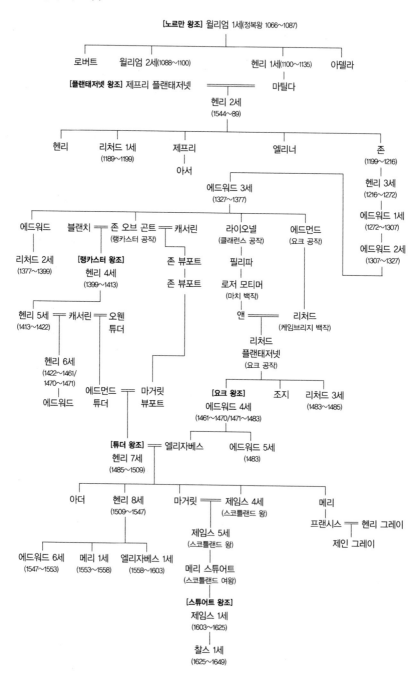

영국 왕가 족보 (2)

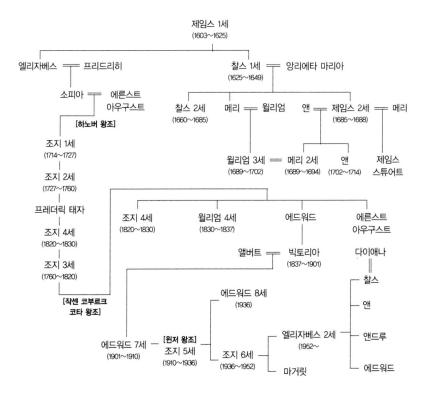